A uruguaia

Pedro Mairal

A uruguaia

tradução
Heloisa Jahn

todavia

I

Você disse que eu falei dormindo. É a primeira coisa de que me lembro desta manhã. O despertador tocou às seis. Maiko tinha vindo para a nossa cama. Você me abraçou e a conversa foi cochichada, pertinho do ouvido, para não acordá-lo, mas acho que também para evitar falarmos de frente com o hálito noturno.

— Faço um café?

— Não, amor. Continuem dormindo.

— Você falou dormindo. Me assustou.

— O que eu falei?

— O mesmo da outra vez: "guerra".

— Que estranho.

Tomei banho, me vesti. Dei em vocês meu beijo de Judas. Um para você, outro para Maiko.

— Boa viagem — você disse.

— A gente se vê à noite.

— Vá com cuidado.

Peguei o elevador até o subsolo da garagem e saí. Ainda estava escuro. Dirigi sem pôr música. Desci pela Billinghurst, virei na Libertador. Já havia trânsito, principalmente por causa dos caminhões perto do porto. No estacionamento da Buquebus, um guarda me disse que não havia mais lugar. Tive que sair outra vez e deixar o carro num estacionamento do outro lado da avenida. A ideia não me agradou, porque à noite, quando eu voltasse com os dólares, ia ser obrigado a andar aquelas duas quadras escuras pela rua deserta.

Não havia fila no balcão do check-in. Mostrei o documento.

— O expresso para Colonia? — perguntou o funcionário.

— Isso. Depois o ônibus para Montevidéu.

— Volta no mesmo dia, pelo ferry direto?

— Isso.

— Certo... — disse ele, olhando para mim um pouco mais que o normal.

Imprimiu a passagem, que me entregou com um sorriso gélido. Evitei olhá-lo nos olhos. Me perturbou. Por que olhar para mim daquele jeito? Será que estavam separando e anotando numa lista as pessoas que iam e voltavam no mesmo dia?

Subi a escada rolante para o controle da alfândega. Passei a mochila pelo raio X, avancei pelo labirinto de cordas vazio. "Siga em frente", me disseram. O funcionário da Imigração conferiu o documento, a passagem. "Muito bem, Lucas, por favor, fique na frente da câmera. Perfeito. Comprima o polegar direito... Obrigado." Recolhi a passagem, o documento e entrei na sala de embarque.

As pessoas formavam uma longa fila. Pela janela, vi o ferry nas últimas manobras de atracação. Paguei o café e o croissant mais caros do mundo (um croissant grudento, um café radioativo) e devorei num minuto. Fui para o fim da fila e ouvi ao redor alguns casais brasileiros, alguns franceses e um ou outro sotaque do interior, do norte, talvez de Salta. Havia outros homens sozinhos, como eu; talvez também fossem passar o dia no Uruguai, a trabalho ou para buscar dinheiro.

A fila foi avançando, andei pelos corredores acarpetados e entrei no ferry. O salão grande, com todos aqueles assentos, parecia um cinema. Achei um lugar vazio perto da janela, sentei e te enviei a mensagem: "A bordo. Te amo". Olhei pela janela. O dia clareava. O quebra-mar se perdia numa neblina amarela.

Aí escrevi o e-mail que você encontrou mais tarde:

"Guerra, estou a caminho. Você pode às duas?"

Eu nunca deixava meu e-mail aberto. Nunca mesmo. Era muito muito cuidadoso com isso. Me tranquilizava saber que havia uma parte do meu cérebro que eu não dividia com você. Sentia necessidade do meu cone de sombra, da minha tranca na porta, da minha intimidade, nem que fosse só para ficar em silêncio. Essa coisa siamesa dos casais sempre me aterroriza: mesma opinião, mesmo prato, porre em dupla, como se os dois tivessem a mesma circulação sanguínea. Deve haver um resultado químico de nivelação, depois de anos mantendo essa coreografia constante. Mesmo lugar, mesmas rotinas, mesma alimentação, vida sexual simultânea, estímulos idênticos... temperatura, nível econômico, temores, incentivos, passeios, projetos — tudo coincidente. Que monstro bicéfalo vai se criando assim? Você fica simétrico ao outro, os metabolismos se sincronizam, é um funcionamento espelhado; um ser binário com um único desejo. E o filho chega para envolver esse abraço e soldá-los com um laço eterno. A ideia em si é pura asfixia.

Digo "a ideia" porque tenho a impressão de que nós dois lutamos contra isso, mesmo levados pela inércia. Meu corpo já não terminava na ponta dos meus dedos; continuava no seu. Um só corpo. Catalina deixou de existir, Lucas deixou de existir. O hermetismo furou, criou fissuras: eu falo dormindo, você lê meus e-mails... Em algumas regiões do Caribe os casais dão ao filho um nome composto pelos nomes dos pais. Se tivéssemos tido uma filha, ela poderia se chamar Lucalina, por exemplo, e Maiko, Catalucas. Esse o nome do monstro que você e eu formávamos quando nos derramávamos um no outro. Não gosto dessa ideia de amor. Preciso de um canto privado. Por que você foi olhar meus e-mails? Estava procurando alguma coisa para começar o confronto, para finalmente desfiar suas verdades? Eu nunca revistei seus e-mails. Sei muito bem que você deixava sua caixa de entrada sempre aberta, e por isso eu ficava curioso, mas nunca me passou pela cabeça ler suas coisas.

O ferry zarpou. O cais foi ficando para trás. Dava para ver um pedaço de litoral, mal se adivinhava o perfil dos edifícios. Senti um imenso alívio. Partir. Mesmo que por um período curto. Sair do país. O alto-falante transmitia as normas de segurança em espanhol, em português e em inglês. Um salva-vidas embaixo de cada assento. E pouco depois: "Informamos aos senhores passageiros que o *freeshop* já está aberto". Que gênio o inventor dessa palavra, *freeshop*. Quanto maiores as restrições impostas ao comércio, mais os argentinos gostam dessa palavra. Uma ideia estranha de liberdade.

Lá estava eu, viajando para contrabandear meu próprio dinheiro. Meu adiantamento sobre os direitos autorais. A grana que ia resolver tudo. Até minha depressão, meu isolamento e o grande "não" da dureza. Não posso porque não tenho dinheiro, não saio, não mando a carta, não imprimo o formulário, não vou me informar na agência, não solto os cachorros, não pinto as cadeiras, não conserto a infiltração, não mando o currículo — por quê? Porque não tenho dinheiro.

Abri a conta em Montevidéu em abril. Só agora, em setembro, chegavam os adiantamentos da Espanha e da Colômbia, de dois contratos de livros assinados meses antes. Se os dólares fossem transferidos para a Argentina, o banco os transformaria em pesos pelo câmbio oficial e eu teria de pagar imposto sobre os rendimentos. Se fosse buscá-los no Uruguai e os trouxesse em dinheiro vivo, poderia trocá-los em Buenos Aires no câmbio negro e ficaria com mais do que o dobro. Valia a pena a viagem, inclusive o risco de que na volta encontrassem os dólares quando eu passasse pela alfândega. Porque eu entraria no país com mais dólares que o permitido.

Rio da Prata: nunca o nome foi mais adequado. A água começava a cintilar. Eu ia conseguir devolver os pesos que devia a você pelos meses que fiquei sem trabalhar, os dois vivendo só do seu salário. Durante uns dez meses, se controlasse os gastos, eu ia poder me dedicar exclusivamente a escrever. O sol estava nascendo. A fase ruim ia acabar. Ainda me lembro do dia em que tivemos de pagar o pedágio com um monte de moedas de cinquenta centavos. Íamos visitar meu irmão em Pilar. A mulher da cabine não acreditava. Contou as moedas, quinze pesos em moedas. Faltam cinquenta centavos, ela falou. Atrás, o pessoal tinha começado a buzinar. Tem que estar certo, conte de novo, eu falei. Está bem, pode passar, pode passar, ela disse, e arrancamos, rindo, você e eu, mas talvez com um fundo meio amargo, inconfessado. Porque você dizia: Temos problemas financeiros, não econômicos. E parecia verdade. Mas eu não levava os projetos adiante, acabava não assinando nada com ninguém, não quis dar cursos nem aulas, e cresceu um silêncio que foi se acumulando com os meses, à medida que a pia da cozinha se desprendeu e eu a escorei com umas latas, o teflon das panelas acabou riscado, um aplique de luz na sala queimou e ficamos meio na penumbra, a máquina de lavar pifou, o forno velho começou a soltar um cheiro esquisito, o volante do automóvel passou a tremer como o ônibus espacial atravessando a atmosfera... E o tratamento do meu dente parou no meio porque a coroa era cara, e postergamos o DIU até uma nova oportunidade, devíamos dois meses de mensalidade no jardim de infância do Maiko, atrasamos as contas, a operadora, e uma tarde os dois cartões foram recusados no Walmart, Maiko batendo os pés no chão entre duas caixas, e tivemos que devolver todas as compras que estavam no carrinho. Ficamos com raiva e envergonhados. Insuficiência de fundos.

Discutimos na sacada uma vez e outra vez na cozinha, você sentada na bancada de mármore, pernas cruzadas, chorando e pondo gelo nos olhos. Amanhã vou ter que ir trabalhar com os olhos desse jeito, puta que pariu, você dizia. Estava cansada, de mim, da minha nuvem tóxica, da minha chuva ácida. Vejo você derrotado, me disse. Vencido. Não entendo o que você quer. E eu ali de pé encostado na geladeira, anestesiado, sem saber o que dizer. Falei o que me veio à cabeça, me senti acuado e inventei de falar da minha frustração. Queria saber o que você pretendia. Se quer reduzir sua vida sexual a duas trepadas por mês, vá em frente, eu não consigo viver assim, falei. Quando eu saía, depois de fazer uma leitura ou participar de uma mesa-redonda em algum centro cultural, e ia tomar alguma coisa e uma mulher vinha falar comigo, uma garota de vinte e cinco anos ou uma coroa gostosa de cinquenta, me perguntava alguma coisa, sorria para mim, querendo, querendo, e eu pensava se não seria o caso de duas cervejas e motel, um pouco de aventura, minhas presas crescendo, um leão amarrado com barbante de salsicharia, eu dizia preciso ir, beijo na bochecha, que pena, ela dizia, preciso mesmo, tenho um filho pequeno, balde de água fria, amanhã ele me acorda cedinho, e pronto, *c'est fini*. E saía para a noite, subia no ônibus, chegava em casa, você dormindo, eu me aconchegava, me encostava, e você nada, morta, dormindíssimo. De madrugada Maiko vinha para nossa cama. Nos levantávamos. Preparávamos o Nesquik dele, eu o levava ao jardim de infância, você ia para o Centro. Tchau, nos vemos à noite, e ao voltar você estava cansada e queria ir para a cama sem jantar, e eu assistia a um seriado, acumulava irritação, testosterona venenosa. Meses desse jeito.

Preciso te dar os parabéns por não comer uma mulher?, você dizia, preciso te agradecer? Você belicosa, zangada. E não se deu por vencida. Você é boa em discussão. Me diga o que você quer, você insistia. E eu, sem dizer mais nada. Não quis continuar. Em que momento o monstro que nós dois éramos foi ficando paralítico? Antes a gente trepava em pé, lembra? No terraço do seu apartamento em Agüero, encostados no armário que pintamos juntos, no chuveiro, uma vez em cima da mesa da copa. Éramos incríveis assim, nos procurando. Tínhamos fome um do outro. De frente com uma perna apoiada na parede, de quatro na poltrona, derrubando os enfeites da mesa, você por cima, envergando o corpo de repente como se fosse abduzir uma nave extraterrestre. Se nos ocorria alguma coisa, éramos versáteis, dinâmicos, girávamos, pegando fogo. Pouco a pouco nossa fera de duas costas foi ficando abatida, deitou-se, não levantou mais. Surgia só com a vizinhança da cama, com o contato, horizontal, a fera indolente, trepadas de uma só posição, missionários previsíveis, ou então você de barriga para baixo, quase ausente. Sós e juntos. Ou nas noites em que você estava tão cansada que não chegava a se enfiar direito embaixo das cobertas, ficava entre o edredom e o lençol, e eu mais tarde no escuro entrava por baixo do lençol e não conseguia nem dormir de conchinha com você, nem envolver sua cintura com a mão, nem agarrar seus peitos, nem te dar um beijo no pescoço, separados por um pano esticado, lado a lado, mas inatingíveis, como se estivéssemos em duas dimensões diferentes da realidade.

Era o que acontecia em muitas noites. Eu acordado de barriga para cima, ouvindo você respirar e escutando a gota que começava a pingar ali pelas duas da manhã e que nunca conseguimos descobrir onde caía, parecia o ruído exato da insônia, a gota do inconsciente. O mais irritante é que a gota não era regular, era imprevisível e estava se acumulando em algum ponto, certamente formando uma poça, uma umidade, apodrecendo o gesso, o cimento, enfraquecendo a estrutura. Eu acabava indo para a poltrona da sala, navegava mais um pouco na internet, adormecia ali, depois voltava para a cama derrotado. Porque suponho que você tinha razão, eu estava derrotado, não sei bem por quem nem por quê, mas chafurdava naquilo. *"Estuve un tiempo en la lona, del desatino fui amante…"*, diz uma canção que cantei de porre naquela tarde.

Derrotei a mim mesmo, suponho. Meu monólogo mental, minha tribuna adversária. Quando não escrevo nem trabalho, o volume de palavras sobe dentro da minha cabeça e elas me inundam. Dúvidas cresciam como trepadeiras, iam me envolvendo. Eu me perguntava quem você andaria vendo. Chegando tarde, toda arrumada e cansada, depois de reuniões e coquetéis da fundação... E aquelas mudanças sutis: antes era raro você se depilar, agora eu sentia suas pernas macias toda vez que roçava em você na cama. Minha cabeça se enchia de perguntas. Você estava se cuidando e se arrumando para alguém que não era eu? E onde eram os encontros, Cata? Em motéis? Você nunca foi muito de motel, talvez por isso mesmo ficasse com tesão. Eu me perguntava quem poderia ser o cara e não tinha nenhuma pista, quem sabe algum membro do diretório. O triângulo de seu púbis, sempre tão pujante e vigoroso, de repente apareceu podado, reduzido, um pouco mais pontudo. Por causa do biquíni, você me disse, e é verdade que estávamos em dezembro e que outro verão de convites para piscinas e jardins ia começar. Você foi ao ginecologista e tratou da candidíase que a deixava com um cheiro forte, e me fez tomar o mesmo remédio para o caso de eu também ter pegado a coisa. Nós dois estávamos nos tratando para seu amante? As tais chegadas tardias, depois do jantar, se acumularam, à uma, às duas da manhã, e da cama eu ouvia você no banheiro deixando correr a água durante muito tempo, muita atividade com o sabonete, tirando a maquiagem, bidê, escova de dentes. Tenho quase certeza de que você voltou a fumar. Com quem? Quase te via sentada a uma mesa na calçada com uma taça de champanhe na mão e um cigarro, seu jeito de fumar, seu sorriso. Era isso que você tratava de apagar na parada técnica do banheiro. Uma vez você chegou a tomar banho antes de ir para a cama. Uma noite você estava cheirando a uma colônia forte, mas sou muito obsessivo com cheiros, hipersensível, e pode ser que fossem os beijos de cumprimento no jantar de fim de ano. Onde estaria seu coração no meio de todos aqueles cardiologistas? Você se fechou ainda mais, se escondeu dentro de si mesma e me revolveu para ver se achava defeitos em mim. Quando eu saía dos eixos por ciúme, tinha vontade de te escrever um e-mail com instruções e alguns conselhos de como ser amante: não só você precisa estar depilada e impecável como tem que levar na bolsa uma calcinha limpa de reposição, usar o bidê antes e depois de cada trepada, controlar a obsessão, adiar o encontro quando está menstruada, bloquear o celular. Amantes não menstruam. Não telefonam para o amado, não dão presentes, não mordem na cama nem usam batom ou perfume. Não deixam rastros na superfície do corpo. Só marcam com fogo no prazer. Ativam o sistema nervoso central, incendeiam-no por dentro.

Que trouxa. Eu não fazia ideia de nada e posava de superior, de experiente. Sorte que nunca te escrevi. Remoí minhas dúvidas, minhas inseguranças. Era uma atitude de desempregado, do cara que não provê, minha impotência de macho caçador te pedindo que, se possível, fizesse uma transferência para a minha conta, pedindo meio em segredo dez mil pesos a meu irmão enquanto ele assava o churrasco, e as tais planilhas Excel que você tanto gostava de fazer, meus números em vermelho, minha dívida crescendo. Não era um assunto lá muito erótico, concordo. E é verdade que Mr. Lucas já estava um pouco mais velho, menos atraente. Ou pelo menos era assim que eu me sentia. Coluna vergada, pegada de magro com barriga pronunciada, alguns cabelos brancos na cabeça e no púbis, e o cacete que quase de um dia para o outro ficou torto, se encurvou de leve para a direita, como se minha bússola tivesse enlouquecido e abandonado o norte para apontar um pouco para leste, para o Uruguai. Era o que mais me acontecia: eu estava com a cabeça em outro lugar. E às vezes, ao chegar, você me pegava olhando o entardecer na sacada, agarrado como um prisioneiro à grade que instalamos quando Maiko começou a andar.

A vibração do ferry me fez adormecer. Abri de novo os olhos: o sol havia nascido sobre o rio. Já estávamos chegando a Colonia. Meu celular encontrou sinal e o e-mail de resposta de Guerra entrou:

"Feito. Às duas. No mesmo lugar da outra vez."

Então falei o nome dela, para mim mesmo, junto da vidraça, olhando a água que cintilava como prata líquida:

— Magalí Guerra Zabala.

Repeti o nome duas vezes.

2

Os alto-falantes anunciaram que estávamos chegando e avisaram os passageiros que viajavam de automóvel que já podiam descer para o porão, "não ligando os motores antes de serem avisados". Gerúndio mal utilizado. Fiquei junto à porta, entre os primeiros a sair, para conseguir um bom lugar no ônibus. No mesmo instante as pessoas se amontoaram. Momentos que parecem de gado no matadouro. Todos olhando para a porta fechada. Estávamos a ponto de mugir. Abriram a porta.

Já estou no Uruguai, pensei enquanto andava por aquela passarela de metal com janelas de náilon transparente. Fui um dos primeiros a passar pela alfândega e saí para o lugar onde estavam os ônibus. Um sujeito na minha frente parou para fumar, portanto cheguei primeiro. Pelo menos foi o que imaginei. Ao embarcar, vi que o ônibus estava cheio de gente. Deviam ter chegado em outro ferry.

— Montevidéu?

— Sim — disse o motorista.

— Espero o próximo? — perguntei, na esperança de aparecer um ônibus vazio para eu embarcar.

— Não. Tem lugar no fundo.

Embarquei conformado. Os rostos. Não estava vendo nenhum assento vazio. Ao fundo vi um, bem onde eu queria: na janela da direita. Pedi licença; o homem sentado na poltrona do corredor levantou e me deixou passar. Quando me sentei, descobri por que o lugar estava vazio. Era a poltrona onde a roda traseira ocupa boa parte do espaço para os pés. Eu ia viajar mal acomodado, mas olhando a parte da estrada de que eu gostava, porque, mesmo não vendo nada, era daquele lado da paisagem que se sentia a proximidade do mar.

O ônibus arrancou, afastou-se do porto e seguiu pela estrada bordejada de palmeiras. O que será que tanto me alegrava naquelas palmeiras gigantes que iam ficando para trás, inesgotáveis, repetidas, como um portal para outro lugar, uma passagem para o trópico, uma faísca africana? Que combinação de coisas engatilhou aquele ataque de felicidade? A luz mais branca, o ônibus sacolejante, o deslocamento por grandes espaços, a paisagem ondulada, amável, variada, já distante do maldito pampa metafísico, a manhã, um cavalinho pastando, a entrega a esse "não ser" que se sente ao viajar, as nuvens... No alto do vidro da janela estava escrito "Saída de emergência", apenas estas palavras contra o fundo do céu. Parecia uma metáfora de alguma coisa. A possibilidade de fugir para o nada celestial.

Não era exatamente o mar o que se adivinhava por trás daqueles campos ondulados, ainda era o rio, o fim do estuário que ia virando mar, mas dava para senti-lo como uma coisa que estava por acontecer, uma reverberação em minha cabeça, onde também estava Guerra, nesse outro fulgor entre as dunas no verão em que a conheci, em Rocha. Naquela direção do horizonte transcorria toda essa lembrança, e agora ela estava cada vez mais próxima.

Eu a conheci no festival literário para o qual me convidaram, em Valizas. O festival foi de sexta a segunda, no último fim de semana de janeiro. Você e Maiko ficaram na casa de sua irmã, no condomínio de veraneio. A viagem foi divertida porque havia outros escritores. O lugar todo era bem hippie, nos quartos havia vários beliches, os banheiros eram coletivos. O ciclo de leituras e mesas-redondas foi uma grande ocasião para conhecer pessoas, caminhar pelas dunas, fumar, ouvir opiniões, teorias disparatadas, rir, entrar no mar, atualizar as fofocas do mundinho literário. As leituras foram boas, mas a periferia me interessou mais. Conhecer Gustavo Espinosa, por exemplo, tomar chimarrão com ele, falar de *Las arañas de Marte*... Ficávamos os dois perambulando. O local estava repleto de garotos bem-nascidos brincando de ser mendigos por um mês. Loiros esfarrapados, rastafáris de universidade particular, semimúsicos, artesãos temporários, malabaristas *full time*. O local tinha seu encanto, dava para circular entre um pessoal que fazia o possível para tocar violão, cantando "A redoblar, muchachos, la esperanza" ou aquela do Radiohead que diz "*You are so fucking special*". E havia rodas de chimarrão, círculos canábicos, grupos batucando. Alguns faziam tudo isso ao mesmo tempo. Muita barba rala, riscas de cabelo, cabelos salitrosos depois de semanas sem xampu, garotas de cabelos e atitudes primitivas e grandes olhos verdes, surpreendentes, vestindo uma mistura de agasalhos de ginástica com tecidos étnicos, moda Bali, Bombaim, alusões budistas, africanismos exagerados, barracas espalhadas entre as dunas, acampamentos, o auge do estilo *homeless* chique. Graças à maconha me integrei na hora. Um quarentão flutuando entre o pessoal de vinte anos.

Eu não era o único coroa fora de foco, tinha o Norberto Vega, tinha o China Luján... Esses dois, principalmente, foram os meus companheiros de balada. Vega estava invocado com as condições de higiene. Quando fui tomar banho nos chuveiros coletivos, ele me avisou: Não tome banho aqui, Luquitas, esses hippies têm cada fungo do tamanho da casa dos Smurfs! Tomei banho mesmo assim. E o China andava o tempo todo com um sorriso que fazia muito tempo eu não via na cara dele. Em estado de graça. Era a droga, claro, mas consumida num mundo sem compromissos, sem que fosse preciso reassumir nenhum tipo de responsabilidade, sem família, sem trabalho, sem horário nem cidade, nem automóveis, nem perigo de acidentes, areia fofa por todos os lados, calor, puro hedonismo praiano. De repente a gente não aguentava mais e ia para os beliches dormir algumas horas em pleno dia, cobertos de areia, para fugir do uivo do sol.

Tive que cair no mar para um mergulho, clarear as ideias e me ligar antes da mesa-redonda. A água fria e salgada me deu novas forças. Em minhas primeiras intervenções ao microfone acho que fui correto, meio que automático, depois desandei a falar. Vega estava caindo da cadeira, bocejava como o leão do zoológico. Enquanto os outros falavam, o China fazia cara de possesso, de teleguiado ou como se tivesse acabado de saber pelo WhatsApp que era adotado. Apesar de tudo, acho que demos conta, dignos, ligeiramente polêmicos e até quem sabe um tanto engraçados. A coisa se passava num galpão espaçoso com uma mesa, equipamento de áudio, cadeiras para o público, tendo atrás, em várias mesas, uma feira de editoras independentes. O ambiente era familiar e estava lotado, com gente assistindo nas janelas. Falamos de realismo, de verossimilhança, das novas tecnologias, dos anos 1990, da pós-ditadura... Ali estávamos nós, os intelectuais latino-americanos apresentando nosso número, falando para nós mesmos num balneário. As pessoas olhavam para nós, não sei quanto dava para entender, tive a sensação de que elas queriam que lêssemos alguma coisa, um pouco mais de espetáculo e menos teoria, mesmo assim aplaudiram com entusiasmo. Depois houve a festa, e Guerra apareceu.

Agora o ônibus rodava entre campos amarelos, quase fosforescentes por causa das flores de uma lavoura que não sei como se chama. As palmeiras haviam ficado para trás. Ao longe viam-se algumas chácaras e montes de eucaliptos. De vez em quando, perto da estrada, aparecia uma casinha com um jardim muito limpo e enfeitado. Um tinha um cavalo de cimento, cisnes de gesso e carros antigos. Outro, carrocerias de caminhonetes dos anos 1950. Esse lado meio cubano que surge no interior do Uruguai, com velhos Chevrolets ou Lanchesters descascados, alguns que ainda andam ou que ficam lá jogados, servindo de galinheiro, até serem descobertos por algum restaurador fanático.

Eu estava precisando esticar as pernas no corredor, mas, como tinha que pedir licença a meu vizinho de poltrona, preferi esperar mais um pouco. Mais ou menos na metade do ônibus, na diagonal, um sujeito atendeu o telefone e começou a falar aos berros. Estava explicando alguma coisa à secretária, organizando horários, era médico. Impunha seu vozeirão sobre o sono e o sonho de todos os passageiros, seu problema de agenda, seus maus-tratos àquela mulher que não fazia mais que tentar pôr ordem nos compromissos embaralhados dele. "O do Medical Group pode ir para outubro, pelo amor de Deus, Isabel, não enfie tudo na mesma semana, pense um pouco!" Nunca fui com a cara de médicos homens, com aquele jeito de grandalhões de jaleco, estudantes crônicos com gigantismo, os brucutus de peito peludo da classe, fazendo ar de sérios nas consultas, utilizando palavras anatômicas grandiosas, hipersexuados, libidinosos, nem bem fecham a porta do consultório, todos trepando por aí com enfermeiras naquele quartinho dos plantões, acesso restrito ao pessoal, coitos de maca, libertinagens pelos cantos, entre tubos de oxigênio e carrinhos com material cirúrgico, jalecos disfarçando ereções, galenos com priapismo, grandes cacetes doutos, reverenciados, falos hipocráticos cercados de bocetinhas dispostas como borboletas rosadas no ar, sátiros de branco, com cabelos grisalhos que fazem a paciente suspirar, vamos ver, respire fundo, outra vez, bom, levante um pouco a blusa, respire outra vez, muito bem... Filhos da puta, abusadores apressadinhos, açougueiros pré-pagos, colecionando comissões por cesarianas desnecessárias, adiando a cirurgia para depois da semaninha em Punta del Este, agressores seriais, ladrões do tempo e da saúde, tomara que vão para um inferno de infinita sala de espera com revistas sebosas, aproveitadores posicionados sobre suas colunas gregas, não deixe de aplicar a pomada na região pruriginosa, filho de um caminhão lotado de putas!, região pruriginosa!, por que você não fala "no lugar da coceira", porra, seu grandíssimo cagalhão grandiloquente...

Luquitas, um dia você quis ser médico e acabou não sendo — sussurrou a tribuna inimiga, o coro grego que sempre viaja comigo —, largou a faculdade no primeiro ano, lembra? É, e daí? Qual a relação? Agora um médico está comendo a sua mulher. Que ironia. O excelso roteirista repetiu o lance. Que golaço te enfiaram, cara. No ângulo. Você está como o goleiro no ar ouvindo a bola ricochetear na rede. Dói, dói, mas já vai passar. Vou te receitar uma pomada para aplicar na região remuquirana, na área endofodente, na irritação minadadeira, ela é esplêndida, diminui a córnea craniana, cura a guampatite crônica, desfaz o nó cornudiano... Você vai ver. Vai se recuperar. Respire fundo, por favor, baixe um pouco mais a calça... Pronto, viu como não doeu?

Justamente hoje de manhã eu tinha visto seus brincos de argola no banheiro, argolas grandes, prateadas, caras, largadas assim que você chegou à noite e tirou a maquiagem, a máscara que eu não vi, e me lembrei desta expressão caribenha: *anda balançando os brincos com qualquer um*. Quem balançou os seus brincos, Catalina? Suas argolas de Ricciardi chacoalhando no galope sexual, suas argolas da avenida Quintana tilintando no sacolejo da traição, ruidosas como pingentes de lustre em pleno terremoto. A diretora de desenvolvimento da Fundação Cardio Life entrechocando seu pelame pélvico com o membro de um membro da diretoria executiva da mesma fundação. Algum doutorzinho metido, com carro bom, algum catolicão de missa de condomínio, um ex-jogador de rúgbi cardiologista, de vasto pescoço, santinho de batismo de cada filho na carteira, consultório estilo inglês, abajur verde sobre cavalo de bronze, *boiserie*, penumbra na sala de espera, gravuras de caça à raposa, cavalo saltando uma cerca, a cachorrada nervosa, papel de parede bordô, a secretária velha aprovada pela esposa tratando de dar cobertura e de coordenar seus compromissos inesperados.

Finalmente o sujeito calou a boca.

Concordo que eu estava nervoso, com os fios meio desencapados, tenso, inclinado para a frente. Agora, sim, começava a aparecer, atrás dos campos, um horizonte azul. Estávamos quase atravessando uma ponte sobre o rio Santa Lucía. O mar! A paisagem se abria, barrancos, a terra sumia por um instante e aparecia a água, a margem do Atlântico, ela já estava na ponta dos meus dedos, no ar diante do meu rosto, seu rosto altivo, seu desafio no olhar, os olhos um pouco entrecerrados, séria e depois com um meio sorriso no contorno dos lábios, maliciosa, brava, tudo ao mesmo tempo, o modo como me olhou quando a vi em Valizas pela primeira vez e a tirei para dançar. Havia um jukebox no galpão, tocaram cumbias e salsa, e alguém escolheu "Sobredosis de amor, sobredosis de pasión", eu já estava dançando na zoeira, uma paquerada para cima da poeta chilena, que na verdade dava mais mole para o Vega que para mim, e lá estava Guerra de um lado conversando com uma amiga, copo de cerveja na mão, agarrei a outra e a puxei para a pista, ela topou, já tinha me visto, contou depois, me ouvira falar, sorria, encarava meu olhar, girava e me olhava de novo, olhos de um presos nos do outro, e a força que tinha, a força de suas mãos, magra com energia terrestre, nada volátil, um trem dançando, quando eu a segurava pelas mãos e girava ou lhe dava um falso tombo apoiada em meu braço, garota e tanto, para o que desse e viesse, franjinha rolling stone, cabelo molhado, minissaia jeans, camiseta solta sobre o corpinho do biquíni (ela teria dito sutiã), e descalça. O verão inteiro descalça. Que mulher mais linda, que demônio de fogo emergiu de mim e na mesma hora se instalou na árvore do meu sangue. Como você se chama? Magalí. Eu, Lucas. Fomos buscar mais cerveja.

Ao lado havia um barzinho. Não me lembro direito do que falamos. Sei que me ergui como uma cobra diante de seus olhos com perguntas de genuína curiosidade, muitas perguntas. Fiz ela rir. Ela falando. Dançamos mais. Bebemos mais. Não havia lido minhas coisas nem me conhecia de nome. Estava lá porque a amiga tinha uma editora de poesias. Me contou que havia começado a estudar ciências sociais, que havia largado, que à tarde trabalhava num jornal em Montevidéu, que estava passando quinze dias em Valizas com uns amigos, disse, meio esquiva sobre o assunto. Foi preciso buscar a cerveja seguinte mais longe, num armazém rua abaixo, num trecho escuro, e já na ida segurei a mão dela, ela passou o braço pela minha cintura, eu lhe dei um beijo, trocamos um beijo. Longo. Eu estava morto e finalmente ressuscitei. Estava cego e finalmente enxergava. Estava anestesiado e meus cinco sentidos se acenderam de novo, na potência máxima. Preciso ter cuidado, ela disse em meu ouvido. Por quê? Você tem namorado? Tipo isso, cochichou. E eu sou casado, tenho um filho. Eu sei, quando conversamos você falou do seu filho.

Emprestei meu suéter porque ela estava com frio. Contei onde havia estado naquele dia, na praia, na margem de um riacho, e que do outro lado tinha visto uma fila de pessoas escalando uma duna. Estavam indo a Polonio, ela disse. Dá para chegar a Cabo Polonio daqui? Dá, são umas duas horas de caminhada. Vamos amanhã?, desafiei. Ficou na dúvida, fez cálculos incalculáveis na cabeça, ficou séria, me disse: Vamos nessa, amanhã eu te mostro, precisamos sair cedo.

Voltamos para a festa, a amiga apareceu e saiu com ela de mãos dadas, precisava que a ajudasse com umas caixas de livros.

Nos despedimos com recato, beijo no rosto, sem mencionar o encontro do dia seguinte. A música continuava, mas quase ninguém dançava. Fiquei ali de pé sozinho com um copo na mão, tentando assimilar o baque e pensando no que ela me dissera sobre não ter celular e que não havia como entrar em contato com ela. Um dos organizadores me viu e me disse meio aos gritos por cima da música: a mesa das onze de amanhã foi cancelada e você está liberado. Quando duas pessoas se atraem, uma estranha telecinesia ocorre, abre uma via entre elas, afastando todos os obstáculos. Por mais cafona que seja. As montanhas saem de lado. Eram três da manhã e fui dormir bêbado daquilo tudo e sem um só grama de culpa.

O vazio rural da estrada foi se povoando aos poucos. Surgiam galpões de venda de materiais, uma ou outra fábrica, fileiras de casas baixas, escolas. Comecei a prestar atenção num diálogo nos assentos atrás de mim. Uma mulher respondia a uma pergunta que não cheguei a registrar, mas que adivinhei: o homem queria saber o motivo de sua viagem a Montevidéu. A mãe havia morrido depois de uma longa enfermidade. Isso é sempre doloroso, dizia ele, a morte de alguém da família, e dizia que cada um tinha sua maneira de viver o luto. Quando a pessoa é religiosa, assimila melhor. Claro, dizia ela, a gente tem a esperança de que um dia vai ver a pessoa outra vez.

Fui capturado pelo diálogo, que, como em geral acontece nas conversas casuais entre desconhecidos, logo se tornou transcendental. O além, o reencontro com entes queridos, a ressurreição, a imortalidade da alma, o mistério. Qual é a sua religião?, perguntou o homem. Sou testemunha de Jeová, ela respondeu. Ah, ele disse, eu sou da Igreja Evangélica, sou pastor. Toda a empatia que havia surgido entre eles se evaporou de repente, as vozes ficaram hesitantes, tensas. Ele, mansamente, atacou o dogma dela, tratava de alcançá-la através do Espírito Santo, dos milagres e citava Atos 13 de cor. Não consegui mais parar de prestar atenção. Queria ver aonde ia chegar aquele suave confronto, as divergências deles sobre o Apocalipse, o conflito de cristãos apóstatas. Ela se defendia bastante bem. O pastor usava um "vocês" quando se dirigia à mulher. No que diz respeito aos milagres, vocês têm uma postura que... bom... Porque milagres existem. Na minha igreja muita gente se curou graças à oração. Vi pessoas se curarem de pé chato. Meu neto mesmo se curou do pé chato orando. E as pernas de uma mulher ficaram do mesmo comprimento, uma era mais curta que a outra.

Eu estava fascinado com o diálogo, com a ideia das pernas de uma mulher ficarem do mesmo comprimento. Talvez tenham ficado do mesmo tamanho, mas ao contrário; a perna comprida encolhe e fica do comprimento da mais curta, a mulher fica mais baixa e vai se queixar com o pastor porque perdeu quase dez centímetros de altura, o que não está de acordo com o milagre, faz a queixa junto com a mãe, minha filha era alta, manca, mas alta, e agora ficou baixotinha, e o caso acaba num tribunal brasileiro da Igreja Universal do Reino de Deus.

Depois o pastor começou a falar do perdão. Eu queria ver a cara deles, mas não tinha coragem de me virar. Ele contou que uma senhora idosa de pernas rígidas tinha ido à sua igreja para um casamento. Havia bolo de três andares, tinham feito gastos que, para aquela gente, disse, eram um esforço muito grande. A senhora rígida quis falar com ele em particular e os dois oraram juntos, o pastor e ela, rezaram o pai-nosso devagar e, quando chegaram ao trecho "Perdoa as nossas ofensas assim como nós perdoamos a quem nos tem ofendido", ele repetiu a frase duas vezes e a senhora começou a chorar dizendo que não conseguia perdoar o filho, e no fim perdoou e conseguiu mexer as pernas. Todos os presentes ao casamento ficaram muito surpresos. Tempos depois o pastor entrou em contato com a família e a senhora havia morrido, mas naquele casamento ela conseguiu andar.

Desfiou outros exemplos de pessoas que, assim que perdoavam, melhoravam de situação: os filhos conseguiam trabalho, um genro era sorteado para tirar o carro zero-quilômetro, tudo destravava. Eu mesmo, contou o pastor, fiquei muito tempo sem perdoar minha mulher. Ela chegava tarde, tinha horários de trabalho muito irregulares, voltava às onze da noite. O pastor ficava doente de ciúme. O demônio o fazia pensar o pior. De duas em duas horas enlouquecia de tanto pensar, aí orava e passava. Chamava o demônio de "o inimigo". E no fim perdoou, sem saber com certeza se ela o enganava ou não, mas perdoou e se libertou. Antes, ela chegava e ele a maltratava, dizia: "Vá para a cozinha". Agora esperava a mulher com o jantar pronto e um chocolate branco, porque ela gostava de chocolate branco. Fazia trinta e cinco anos que estavam juntos.

Quem planeja esse negócio?, pensei. Quem me faz ir sentar bem na frente desses dois dementes que dizem coisas que me acertam o fígado? Será que é porque a gente só presta atenção naquilo que nos diz respeito e por isso recorta do infinito caos cotidiano exatamente o que nos toca? Ou coisas estranhas acontecem? Eu teria de perdoar você, Catalina? Isso me libertaria e me destravaria? Eu rindo do evangelista e da testemunha de Jeová e de repente os dois me deram uma lição sem querer, sem notar minha presença, me deixaram ali, sério, observando os subúrbios de Montevidéu passar. As casas precárias, um ou outro lixão, pessoas fazendo bicos, carrocinhas de garrafeiros, gente sentada conversando na porta dos casebres, e o morro lá longe.

Ou eu teria de perdoar a mim mesmo? Mas perdoar-me de quê? Eu não havia feito nada. É verdade que fui com Guerra até Cabo Polonio, mas não tenho certeza de que o que aconteceu deva ser classificado como infidelidade. Talvez, não sei. Na manhã seguinte à festa, nos encontramos às nove e meia no armazém, no lugar onde havíamos combinado. Vi quando ela chegou de pareô, biquíni azul-claro, alpargatas. Pensei que você não vinha, ela falou. Eu não disse que havia pensado o mesmo sobre ela. De dia era ainda mais bonita. Eu tinha cacife para ela? Pensei que minhas chances dependiam de meter os peitos e confiar na minha aura duvidosa de escritor argentino. Talvez não desse certo.

Não nos cumprimentamos com um beijo. Caminhamos lado a lado desviando dos grupos de pessoas que dormiam perto de fogueiras apagadas. Ela estava de óculos escuros bacanas. Eu não conseguia chegar a uma conclusão sobre ela. Era uma patricinha meio safada ou talvez meio vagal? Dava uma de suburbana ou era mesmo? Eu não conhecia bem as nuances montevideanas, os socioletos. Caminhamos, ficamos longos momentos sem falar, sorrindo um para o outro de vez em quando. Eu não quis apressar um beijo. Gostava daquela espécie de recomeço, sóbrios e à luz do dia. Chegamos ao riacho. Podíamos atravessar a nado ou de bote, pagando alguns pesos. Resolvemos atravessar a nado porque estávamos curtindo a aventura. Pusemos as mochilas numa sacola de plástico que fechamos com um nó. Guerra me avisou que íamos atravessar um pouco mais acima porque ali a correnteza podia nos arrastar para fora, na direção do mar.

Não foi difícil, mas era verdade que a água puxava bastante, foi preciso nadar, e chegamos ao outro lado quase no final da desembocadura. Sentamos na outra margem, ofegantes. Demorei um pouco mais que ela para recuperar o fôlego.

— Você não vai morrer aqui, vai? — ela provocou.

— Acho que sim — respondi, e me joguei em cima dela.

Os dois ensopados, bem coisa de filme romântico. Mas, antes que eu a beijasse, ela falou no meu ouvido:

— Vamos mais para longe.

Há duas ou três frases de Guerra que ficaram ecoando na minha cabeça durante meses e atravessaram o inverno sem desaparecer. Essa foi uma. Vamos mais para longe.

Acho que quando se escreve é difícil convencer o leitor de que uma pessoa é atraente. Dá para dizer que uma mulher é charmosa, que um homem é bonito, mas onde está a chispa deslumbrante? No olhar do narrador, na obsessão? Como mostrar com palavras a exata conjunção de traços de uma fisionomia capaz de provocar essa loucura que se prolonga no tempo? E a atitude? E o olhar? Só posso dizer que o nariz dela era uruguaio. Não sei explicar melhor. Um desses narizes da Banda Oriental, bem-postos, com uma leve inclinação, ponte alta, como o erre do nome dela, o desafio ETA de sua linhagem basca no nariz. Nem um grau a menos nem um grau a mais naquele ângulo, e ali estava a matemática secreta de sua beleza. E os olhões verdes, e a boca de beijo ininterrupto? Sim, contribuíam para seu lado sexy, mas, sem a excelência de sua napa bélica, Guerra não teria sido Guerra.

Escalamos uma duna, a primeira de muitas, depois descemos enfiando os pés na areia até o meio da canela. Duas horas disso?, pensei, mas não disse nada. Não tinha certeza se conseguiria chegar. Outra duna, e do alto contemplamos o rumor do mar, um brilho de explosão atômica. Então, sim, dei um beijo nela. Envolvi sua cintura com os braços e apertei-a contra mim. Beijo de língua, à traição, de perfeita intimidade, como se a enorme cúpula do céu se aproximasse até formar um cone de silêncio. Aquela vontade, o calor. Minha mão devagar por seus quadris, pela barriga plana, a pele bronzeada, a borda da tanga de seu biquíni, minha mão já em território comanche, um pouco mais para baixo, ela era depilada, e de repente, com a gema do dedo, toquei uma coisa não humana. Metálica. Um mínimo ponto extraterrestre. Uma argolinha. Olhei-a nos olhos e ela achou graça da minha surpresa. Guerra tinha um piercing no clitóris. Então meu dedo se perdeu em sua boceta molhada e quente, sua divina boceta molhada para mim, sua água sexual que ficou comigo numa lembrança física que, apesar de tudo o que aconteceu, sou capaz de encontrar sempre que quero e que me acompanha, provocando uma revolução solar em toda a extensão de meu sangue.

Guerra ofegava e me mordia a boca de leve enquanto eu a tocava e me disse:

— Filho da puta. Quero que você me foda.

Outra frase que atravessou o inverno gelado sem deixar de abrasar.

E ouviu-se um grito, ou um assobio, alguém se aproximava. Outros peregrinos a caminho do Cabo. Estavam longe, mesmo assim nos interromperam, e o céu tornou a se abrir enorme como um olho azul do qual não tínhamos como escapar. Nos abraçamos, procurando nos acalmar. Tivemos um ataque de riso e de euforia. Saímos caminhando. Tirei os croissants que havia comprado ao lado da pousada. Gloriosos. Foram devorados. O sol batia forte. Amarramos as camisetas na cabeça como beduínos no deserto. Era preciso atravessar um vale verde, e, toda vez que fazíamos uma pausa para nos abraçar, jogados na relva, aparecia alguém, passavam gritando perto de nós e precisávamos sentar, disfarçar e nos levantar. A fila de caminhantes parecia um êxodo, todos espaçados mas presentes, incômodos, testemunhas, desmancha-intimidades, pisoteadores do éden, bandos ruidosos. Odiei todo mundo e cada um deles, sua ostentação de pobreza, suas exibições estudadas de miséria estival, seu tom de viagem de formatura, de mochileiro em Bariloche. E ouvi sotaques de toda parte, muitos de compatriotas cordobeses, correntinos, portenhos, que este ano não haviam ido ao Brasil porque estava mais caro.

Já perto de Cabo Polonio nos escondemos entre as pedras. Estávamos enlouquecidos. Formações rochosas que pareciam pré-históricas. Havia recantos, dobras, curvas. Era daquilo que precisávamos.

— Eu não trouxe camisinha — eu disse a Guerra na afobação.

— Eu trouxe — ela disse, e tirou uns envelopinhos prateados da mochila.

Guerra desatou meu calção olhando nos meus olhos, me agarrou, me puxou para ela, e disse:

— Que pau lindo.

Talvez eu seja muito básico, mas tenho quase certeza de que não há nada de que um homem goste mais do que de ouvir isso. Mais que você é um gênio, te amo, seja o que for. E é uma frase tão simples e eficaz, tão fácil de mentir. Pus a camisinha e, quando finalmente estava a ponto de me enfiar entre as pernas dela, ouvimos a voz estridente:

— Desculpe, uma perguntinha: falta muito para Cabo Polonio?

Uma cabecinha de mulher surgindo atrás da pedra grande. Ela não percebeu. Por causa do ângulo, só nos via da cintura para cima. Guerra, muito habilmente, sem movimentos bruscos, dobrou a perna que estava apoiada na pedra e foi fechando o pareô. Eu subi o calção. Fechei-o com o velcro. Desejei a morte àquela senhora desorientada. Se tivesse poderes sobrenaturais eu a teria imolado por combustão espontânea. Várias crianças muito atentas e curiosas foram brotando das pedras.

— É só andar mais um pouco que chega ao farol — disse Guerra.

Estávamos rodeados de risos, vozes, crianças saltando de pedra em pedra.

Fomos em frente já de mau humor, a coisa havia perdido a graça. Quanto mais gente em volta de nós, mais nos olhávamos com cara de frustração, sérios, cúmplices, desesperados. Chegamos ao cabo, perambulamos entre as casinhas pitorescas, os ranchos, as cabanas de praia, entramos no mar para apagar o fogo, tomamos cerveja e comemos miniaturas de peixe num barzinho. Estávamos silenciosos e fomos nos acalmando. Se não dava, não dava. Conferimos os itinerários futuros: eu ia embora naquela tarde, ela também precisava voltar. Uma tristeza de amor recente, novo. Grande confluência de emoções. Me lembro disso e também de que foi em Polonio que a chamei assim pela primeira vez:

— Guerra, me espere que eu volto logo e te agarro.

Ela sustentava meu olhar. Conversamos. Fiquei sabendo de mais algumas coisas sobre ela. Tinha vinte e oito anos. Guerra era o sobrenome do pai, com quem ela morava de vez em quando, e Zabala o sobrenome da mãe, que morrera havia alguns anos. O namorado era *roadie* de uma banda heavy metal conhecida no Uruguai, mas que eu não conhecia. Pelo menos naquela época. Contei-lhe algumas coisas. Ela quis saber dos meus livros. Falei que ia mandar um romance que se passava no Brasil, só que antes precisava escrevê-lo.

Voltamos juntos num caminhão que rodava na areia, depois num ônibus que foi até Valizas. Ela adormeceu no meu ombro. Houve um momento em que senti uma coceira, um incômodo, e me dei conta de que era a camisinha, que continuava na ponta de meu pau murcho.

Já estávamos chegando ao terminal. Minhas pernas dobradas doíam muito, e também as costas. Meu vizinho de assento dormia. O pastor e a testemunha de Jeová tinham parado de conversar. Senti muita fome. Era meio-dia. O bulevar Artigas estava em obras e avançávamos devagar, com desvios pela pista contrária. Como algumas pessoas haviam desembarcado na praça Cuba, troquei de lugar. Passei por cima de meu vizinho e sem querer o acordei. Pedi desculpas e fui me sentar mais à frente.

Com a poltrona vazia a meu lado, ficou mais fácil recriar o fantasma de Guerra a meu lado no ônibus chegando a Valizas. Lembro de ela ter acordado porque eu estava com tremores de frio, uma mistura de insolação e febre. Eu disse que já ia melhorar. Ela disse que precisava descer um pouco antes. Anotou seu e-mail num papelzinho e nos despedimos.

Ela desceu na entrada de um camping e vi quando encontrou um grupo de rapazes, um sujeito meio grisalho com um cachorro de focinheira abraçou-a um pouco demais. Cheguei a Valizas a tempo de recolher minhas coisas e embarcar na van de escritores que nos levaria de volta. Eu não queria saber de nada com ninguém. Nem responder a perguntas sobre onde havia estado nem me informar dos acontecimentos daquele dia. No acaso dos assentos, acabei ao lado de uma crítica literária de cujo nome não quero me lembrar. Me encolhi tanto quanto pude contra a janela, quis me dissolver na paisagem entardecida, entregar-me inteiramente àquela tristeza de não voltar a ver Guerra talvez por muito tempo. De repente a crítica me trouxe de volta com uma pergunta, e estas foram suas palavras textuais: Lucas, você teve oportunidade de ler o que escrevi sobre o eixo civilização e barbárie na sua literatura? Respondi o que tive condições de responder e depois, durante as quatro horas de viagem a Montevidéu, dormi ou fingi que dormia.

3

Chegamos ao terminal de Tres Cruces. Não tive pressa em desembarcar. Deixei todos descerem antes de mim. A testemunha de Jeová era uma mulher volumosa, de cabelo platinado e jeans justo, de uns trinta e cinco anos, e o pastor um homem grisalho e alto, de olhos claros, sem bagagem, sozinho com uma pasta na mão, devia andar pelos sessenta. Os dois desceram sérios, sem falar um com o outro.

Desembarquei e fui comprar um sanduíche. Gosto dessa mistura de terminal e shopping de Tres Cruces. Um centro comercial em cima de uma rodoviária. Subi pela escada rolante. Lembro de ter sentido na mesma hora a presença do diferente. Já havia começado a transição da familiaridade para o estranhamento. Um ar que eu reconhecia, que lembrava a Argentina, nas pessoas, no jeito de falar, na maneira de se vestir, e de repente marcas que eu não conhecia, uma palavra diferente, um *tu* em vez de *vos*, um casalzinho, ele com a garrafa térmica embaixo do braço e a cuia na mão, uma garota linda de ascendência africana, depois outra, mais outra, uma premonição brasileira. Como nos sonhos, em Montevidéu eu achava as coisas parecidas e ao mesmo tempo diferentes. Eram, mas não eram.

Eu ainda tinha alguns pesos uruguaios da viagem anterior e também um cartão da Antel. Comi o sanduíche e liguei para Enzo de um telefone público do terminal. Foi como voltar ao passado. Não sei por que estranho arranjo, Enzo não podia receber chamadas feitas de celular. Era preciso ligar de um telefone fixo para o seu telefone também fixo, e o mais estranho era que ele sempre atendia. Eu tinha avisado que ia a Montevidéu, mesmo assim ele ficou surpreso.

— Holandês! — exclamou entusiasmado do outro lado da linha.

Era assim que Enzo me chamava, porque segundo ele tenho cara de holandês, sei lá, não tenho nem sombra de holandês, mas era o apelido pelo qual ele começou a me chamar quando eu frequentava a oficina literária que ele deu em Buenos Aires nos anos 90.

— Holandês, estou quase virando um aposentado babão, venha depressa que daqui a pouco não consigo nem falar.

Combinamos um encontro às seis na casa dele. Assim teríamos um tempinho para conversar antes do meu ferry de volta, às nove da noite. Enzo estava sempre com um livro no forno, ou recém-publicado, prestes a viajar para o Paraná, descobrindo algum poeta estranhíssimo, entregue à curiosidade, urdindo triangulações uruguaio-portenho-entrerrianas, suplementos culturais, prefácios, apresentações, prêmios, festivais. Queria me convencer a ajudá-lo a montar uma revista literária que se chamaria *Nº 2*, porque, pelo que dizia, duraria dois números.

Andei entre os guichês das diferentes linhas de ônibus, com nomes como Rutas del Plata, Rutas del Sol. Examinei as tabuletas com os destinos: Castillos, La Pedrera, La Paloma, Valizas e outros mais distantes, Porto Alegre, Florianópolis. Quantas horas eu teria de viajar até chegar às praias quentes do Brasil, o mar azul-turquesa, as caipirinhas? Me debrucei no balcão:

— Bom dia...

— Já é boa tarde — respondeu a garota, olhando para o relógio.

— Boa tarde, eu gostaria de saber quanto tempo o ônibus demora para chegar a Florianópolis.

— Ele sai às nove da noite e chega lá por volta das três da tarde. É só um passageiro?

— É, mas não... É só curiosidade. E quanto custa?

— Só ida?

— É...

— Três mil e quinhentos pesos.

— Obrigado.

— De nada.

Saí da rodoviária. Parei, esperando o sinal abrir. O dia útil acontecendo com todo o seu movimento comercial foi desfazendo minha fantasia brasileira. Dali a pouco os bancos iam abrir. Atravessei uma pracinha com restaurantes, artesãos e cheiro de alho-poró, e andei por uma diagonal até a avenida 18 de Julho. Meu escasso senso de orientação em Montevidéu dependia dessa avenida. Se eu seguisse por ela até o fim, chegava à Cidade Velha, ela era uma espécie de coluna dorsal de uma península, terminava com praia dos dois lados. E posicionava mentalmente o parque Rodó à minha esquerda, longe, Cordón ficava por lá, a casa de Enzo à direita, mais adiante, na Fernández Crespo, as quatro praças, 33, Cagancha, Entrevero, Independencia, o Centro, a área dos bancos, La Pasiva, as lojas de música, a rua de pedestres. Não muito mais que isso. Era meu mapa mental e emocional, porque, assim que virei a esquina, já na avenida, senti a presença de uma Montevidéu imaginada, misturada às minhas poucas recordações e com os vídeos que Guerra me mandava de vez em quando. De quinze em quinze dias mais ou menos ela me mandava alguma coisa por e-mail, para eu não me perder, como as migalhas de pão de João e Maria, uma música, um vídeo de *Tiranos temblad*, algumas quadras de sua cidade filmadas por um anônimo de mão pouco firme, mas que me faziam intuir a vida do lado de lá. Agora, por exemplo, eu dobrava a avenida e sentia que qualquer uma daquelas entradas poderia ser o bar onde Cabrera e o negro Rada cantam "Te abracé en la noche". Devo ter visto o vídeo umas quinhentas vezes no YouTube, cantarolava a música em casa e você nem desconfiava a que ponto ela me queimava por dentro. A câmera entra num bar vazio e há dois sujeitos cantando essa canção, um toca violão da mínima maneira possível, uma corda de vez em quando acompanha as vozes que se misturam, *"te abracé en la noche, era un abrazo de despedida, te ibas de mi vida"*. Guerra me mandava essas coisas e eu ficava atordoado, suspenso naquela emoção que não se desfazia. Aquilo era Montevidéu para mim. Estava apaixonado por uma mulher e apaixonado pela cidade onde ela morava. E inventei tudo, ou quase tudo. Uma cidade imaginária num país limítrofe. Foi por ela que andei, mais que pelas ruas reais.

Não estava frio. As vitrines já exibiam roupas de verão. Uma nova moda meio cafona nas galerias que pareciam mercados têxteis. Uma lojinha ao lado da outra. Em todo aquele primeiro trecho, o tom era discreto, menor, como se o neoliberalismo não tivesse existido, sem o glamour capitalista, toldos velhos, vitrines insossas que me fascinavam. Lá estava aquela confeitaria tão inquietante. Olhei bolos que pareciam de gesso, merengues petrificados, como encomendas dos anos 1980 que ninguém tinha ido retirar, parecia incrível que aquilo fosse realmente comestível, um bolo campo de futebol que parecia de cimento armado. Será que as crianças não morriam depois de comer aquilo? Não engasgavam com a massa corrida e a cola? O marzipã, aquela espécie de cerâmica maleável, os enfeites rococó, as flores de açúcar duro, as superfícies azul-claras de glacê, meio cinzentas, as contas, o corante permitido... Tudo supostamente adequado para o consumo humano.

Faltava pouco para o aniversário de Maiko. No ano anterior meu bolo-trem fizera sucesso entre os amiguinhos do jardim de infância. As mamães perguntavam como eu tinha feito. Três fôrmas compridas, cobertura de chocolate, confeitos e wafer em forma de canudinho. Fácil. Genial, elas diziam. Me deu um nó na garganta quando pensei no bolo deste ano. Na festa.

Faltava pouco. Numa loja de brinquedos vi um dinossauro do tamanho de uma pessoa, pensei que Maiko ia saber se era um velociraptor ou o quê. Meu filho. Aquele anão bêbado. Porque às vezes era assim mesmo, era como cuidar de um anão bêbado que fica emotivo, chora, você não entende o que ele está falando, depois precisa interromper o que ele fala, é obrigado a carregá-lo no colo porque ele se recusa a andar, provoca uma confusão no restaurante, joga coisas, grita, dorme em qualquer lugar, você leva para casa, dá um banho, ele cai, faz um galo na cabeça, empurra os móveis, adormece, vomita às quatro da manhã.

Como você sabe, adoro meu filho. É a pessoa que eu mais amo no mundo. Mas às vezes ele me esgota. Não tanto ele quanto minha preocupação constante com ele. Às vezes penso que eu não deveria ter tido um filho na minha idade. É horrível pensar isso, mas minha vida foi tomada por um medo que antes eu não tinha, medo de que me aconteça alguma coisa e ele fique órfão, que aconteça alguma coisa com ele, que aconteça alguma coisa com você. É uma nova fragilidade, um lado vulnerável que eu não conhecia. Talvez não seja assim com pais mais jovens. Às vezes sinto terror. Quando ele sai correndo para a esquina e eu não consigo alcançá-lo e começo a gritar sem saber se ele vai parar. Deveria haver um curso para criar filhos. Tanto curso de pré-natal, depois a criança nasce e, quando você chega em casa pela primeira vez, nem sabe onde colocá-la. Onde acomodá-la, em que lugar da casa pôr aquele velhinho minúsculo, aquele haicai de pessoa? Ninguém te ensina. Ninguém te avisa do sacrifício que é não dormir, renunciar a si mesmo a todo instante, se deixar de lado. Porque nunca mais você vai dormir oito horas seguidas de novo, sua trilha sonora permanente passa a ser "A Rainha Batata", para trepar você precisa programar com um mês de antecedência um fim de semana sem criança, você só vai ao cinema para ver filmes com bichos de pelúcia falando mexicano, e precisa ler catorze vezes por dia o livrinho do rinoceronte. O livrinho do rinoceronte não desapareceu, eu é que escondi num lugar impossível de encontrar, no meio dos quadros que não penduramos guardados no armário do corredor, porque não aguentava mais. Deve ter ficado ali até o dia da mudança.

Às vezes também tenho medo do Maiko. Medo dele. Incuba todo vírus que pega no jardim de infância, isola o bicho e o fortalece no interior de seu novíssimo sistema imunológico, depois o passa para mim com fúria total. Suas gripes me derrubam, me fazem achar que vou morrer, suas gastrenterites me mandam para o banco de reservas por uma semana inteirinha, a conjuntivite leve que ele pegou me deixou cego por dois meses. Vejo-o avançar com seus ranhos, diz "papai" meio chorando, com aquela bolha de ranho que aparece num buraquinho de seu nariz, vem na minha direção, um estreptococo de noventa centímetros. Sangue do meu sangue, meu foquinho infeccioso. De brincadeira, enfia os dedos na minha boca, a colher lambida para brincar de comidinha, me mata. Éramos um só corpo, porque o corpo era uno e trino. O corpo familiar. Três organismos fundidos com a mesma circulação sanguínea. Por isso o pânico de que, se acontecesse alguma coisa a qualquer um de nós três, seria como se nos amputassem um pedaço.

Agora Maiko está maior, mas naquela época havia momentos em que eu entrava em estados quase psicóticos, levava as mãos à cabeça quando ele chorava e não se acalmava com nada. E aquela vez em que ele nos passou piolho, e a época das fraldas subatômicas, lembra? Ainda não controla os esfíncteres, dizia o relatório do jardim de infância. Merda por todo lado, nós de braços sujos até o cotovelo, limpando. O período de adaptação, penicos, acidentes no tapete, na banheira. A pura realidade. E aquele superpoder involuntário que ele tem de atingir meu saco nos ângulos mais impossíveis. Na poltrona, na cama ou brincando de qualquer coisa, estou na outra ponta e chegam certeiros o pontapé, a cotovelada, a bolada que me dobram ao meio. Às vezes ele faz uma pausa antes de chutar a bola, como se estivesse calculando todas as variáveis de trajetória, balística, gravidade, depois dá o chute de pontaria perfeita que atinge o centro da minha dor.

Preocupa-me principalmente a parte que não é bonitinha. Quando Maiko teve convulsões por causa da febre e achei que ele estava morrendo nos meus braços. Depois os médicos explicando que é muito natural isso acontecer, que não é grave. Como ninguém te avisa uma coisa dessas? Talvez não seja permitido. Se fizessem mesmo um curso integral de como criar filhos, ninguém teria filhos. É necessária essa ignorância para que a espécie prossiga, gerações de ingênuos se metendo numa encrenca que nem imaginam. Um curso alertando para os perigos e padecimentos da paternidade e da maternidade faria todo mundo sair correndo. Quem sabe patrocinado por alguma marca de preservativos... Você sai do curso e compra a embalagem de 120 unidades sem vacilar.

Não entrei na loja de brinquedos. Melhor mais tarde, quando já estivesse com dinheiro e com mais tempo, à tarde. Mas eu ia ter que comprar um presente para o Maiko. Talvez no *freeshop*, na volta. E também ia comprar um bom uísque para festejar. E um perfume para você, por ter me bancado durante esses meses. Esta era minha decisão mais sensata, mais sábia: ficar com você, cuidar da nossa casa, do nosso filho. De todo jeito a gente se entrega a decisões mais sombrias, tomadas com o corpo, ou que o corpo toma por nós, o animal que somos. Se conseguíssemos ver isso direito, mas não vemos, é um ponto cego, para além da linguagem, fora de alcance, e o esquisito é que somos isso, em boa parte de nós somos essa pulsação que deseja se perpetuar, porque é óbvio que havíamos decidido parar de evitar, me lembro muito bem, mas meses se passaram sem que você engravidasse. Como o corpo decide? O que se modifica? Tenho quase certeza de que você engravidou depois daquela noite em que discutimos, no seu apartamento de Agüero, lembra? Por um momento pareceu que eu ia para a minha casa, e fim de papo. Não tenho tanta certeza, eu te disse, e usei a palavra vertigem, sinto muita vertigem, e você se ofendeu mortalmente. Você se ressentiu da minha dúvida, do meu freio, foi para a cama chorando. Fiquei um tempo na sala sem saber o que sentir, depois fui te consolar, mas pensando em ir embora, e você disse fique hoje, amanhã você vai, e dormimos juntos e em algum momento da noite trepamos de um jeito diferente, numa espécie de luta de animais que se jogam com tudo um sobre o outro na escuridão, e aí me lembro da vertigem, de entregar-me àquela vertigem quando gozei dentro de você, uma entrega libertadora, uma intrepidez absoluta, as forças desconhecidas que decidam, os impulsos, as vontades fluviais, as células, os bichos, a fauna do mistério, um dinossauro laranja numa loja de brinquedos.

Passei na frente de algumas escolas (*liceos*, dizem no Uruguai), o período da manhã estava terminando. As crianças saíam, se despediam aos gritos. De um lado da rua para o outro, um menino gritou ao amigo com voz de super-herói: Que nada te detenha! Eu sabia de onde vinha aquela frase. Sabia que era um bordão de *Tiranos temblad* e ri porque entendi a brincadeira e porque me senti incluído na trama de alusões e fatos. Naquela época *Tiranos temblad* era um sucesso viral. De quinze em quinze dias um cara editava, com uma voz em *off* tranquila e bonachona, vídeos que as pessoas haviam postado durante aquelas duas semanas no Uruguai. Coisas mínimas, insignificantes: crianças retirando um pássaro que havia entrado na casa delas, por exemplo, uma menina andando de bicicleta pela primeira vez, um sujeito montando um compressor com uma geladeira... O resultado era um mix de ternura, surpresa, uruguaísmo, criatividade terceiro-mundista, revelação antropológica. Um tal Peteca, gordo e de sorriso desdentado, de vez em quando aparecia repetindo a frase "Que nada te detenha". E no fim do vídeo sempre as mesmas palavras: "Obrigado, YouTube, por tudo o que você nos dá". O YouTube aparecendo como uma divindade provedora da abundância de experiências, intimidades e detalhes humanos. O tom menor, inofensivo, contrastava com o nome, que é uma frase do hino nacional: *"De este don sacrosanto la gloria/ merecimos ¡Tiranos temblad!"*.

A caminhada me deixou encalorado, mas preferi não tirar a jaqueta porque no banco eu ia pôr o dinheiro no bolso interno, com fecho. Passei na frente de umas galerias meio horrorosas, o corredor com lojinhas sumia na penumbra. Na frente de uma delas me entregaram um panfleto com as palavras Tattoo, tribais, góticos, excelência, normas de higiene, piercings, perfurações genitais. Mais uma vez minha constelação associativa se incendiou. O apaixonado é como o paranoico, imagina que tudo está falando com ele. As músicas no rádio, os filmes, o horóscopo, os panfletos da rua... O piercing de Guerra. Em algum momento ela fora a uma lojinha no fundo de uma galeria e, com as pernas abertas sobre uma maca, lhe haviam feito, nas palavras daquele papelzinho cinzento, uma perfuração genital. Um tatuador amigo? De confiança? Com anestesia? Tinha doído? Em nenhuma de nossas idas e vindas por e-mail havíamos tocado no assunto. Guardei o panfleto no bolso da jaqueta. Se tivesse jogado em uma lixeira em vez de guardar, talvez não tivesse acontecido o que aconteceu. Mas pus no bolso porque alguma coisa me interessou na linguagem, uma oscilação entre esses dois tratamentos, o *vos* e o *tú*, dizia alguma coisa tipo *"Elegí tú mismo el dibujo"*.

Depois da praça de los 33 Orientales, a avenida fazia uma curva. Quem seria aquele prócer a cavalo? E depois vinha o edifício grande da prefeitura, com uma réplica do Davi na esplanada. A avenida de mão dupla, táxis brancos, coletivos, Ancap se aperfeiçoando para você, farmácias, casas de câmbio, empréstimos em dinheiro vivo, aquecedores Orión, o primeiro com tanque de cobre virgem, lotéricas, Magic Center, Motociclo, ópticas, La Hora Exacta. Não sei em que ordem vi essas coisas, mas olhava absorvendo tudo como se aquele fosse o último dia da minha vida. Expo Yi, a fonte dos cadeados do amor, La Papoñita, onde uma vez havia tomado café com Enzo, bancas na calçada, roupa, cintos, amendoim, amêndoas confeitadas, sacolas, carteiras, as árvores com folhas novas, uns caras jogando xadrez em cima de uns caixotes e outros olhando, entre eles um varredor de rua fazendo uma pausa no trabalho apoiado na vassoura, galerias Delondon, uma Kombi com alto-falantes, nosso posto a seu serviço, recarregue o celular, revistas argentinas nas bancas de jornal, barulho de trânsito, mas raras buzinas, Parisien, Indian, Galeria 18. Tudo se mistura na minha cabeça mesmo que eu olhe as ruas no mapa, porque horas depois eu e Guerra percorremos essas mesmas quadras, pela outra calçada, em sentido oposto e completamente bêbados.

4

Não havia muita gente no banco. Entrei na fila dos caixas. No alto, apoiada na parede, uma televisão ligada para apaziguar a ansiedade dos clientes. Luis Suárez estava sendo entrevistado num programa de esportes. Não dava para ouvir direito porque o volume estava muito baixo, mas passavam alguns gols seus no Liverpool e no Barça. Golaços com a insolência de um touro bravo, imparável, e com aquela qualidade rara de penetrar a matéria passando pelo meio dos rivais, a caneta dupla no brasileiro com cara de anjo David Luiz, alguns gols com ele vindo do fundo a toda velocidade, desmaterializando defensores, sem aquela diagonal impossível dos gols de Messi, mais de frente para a meta e com um chute poderoso. Deixavam a carinha de Suárez num canto da tela enquanto ele assistia a seus gols. Ria com seus dentes enormes e apertando os olhos.

O último contrato dele com o Barcelona tinha sido de cem milhões de dólares. E eu agora feliz, prestes a retirar meus quinze mil. Que merreca. Não via a hora de sentir nas mãos as cédulas novinhas e crocantes. Fiz de novo as contas. Oito mil dólares da Espanha mais sete mil dos colombianos. Ao câmbio do mercado negro argentino da época seriam duzentos e quarenta mil pesos, por aí. Se eu sacasse num banco nacional, ficaria com menos da metade. Era a época do dólar blue, do dólar soja, do dólar turista, do dólar para compra e venda de imóveis, do dólar oficial, do dólar futuro... Não sei quantos tipos de valor de dólar andavam circulando. Ninguém sabia direito quanto as coisas valiam. O peso se desvalorizava, havia inflação. E começaram os controles do câmbio. Como se em pleno verão você fosse pago em gelo e proibissem geladeiras. Todos desesperados atrás de dólares. O mercado se dividiu entre oficial e paralelo, no meio apareceram os doleiros clandestinos, os intermediários, os amigos dos primos. Uma vez que quiseram me roubar quando fui ao centro trocar dólar, telefonei depois para um desses contatos. Falei pra ele: me seguiram, quebraram o vidro do meu carro, tentaram me roubar. Eu ponho a mão no fogo por eles, me disse o outro, são meus amigos do rúgbi. "Amigos" tipo os Puccio?, perguntei. Ele não riu. Mas acho que foram os caras do estacionamento: eles já sabiam onde se comprava o dólar fora da lei e marcavam quem ia lá. Uma situação medieval no século XXI, tempos de transferências eletrônicas e dinheiro virtual, e o cara buscando papéis impressos do outro lado do rio, escondendo as notas, tentando encontrar uma alternativa, dando um jeito de escapar das medidas, dos efeitos colaterais das decisões do Estado, encontrando essa fissura por onde se esgueirar.

Eu tinha uma vaga ideia do que fazer com o dinheiro. Primeiro, queria senti-lo nas mãos. Depois a névoa se afastaria para que eu visse com clareza. Mas assim, no ar, eu pensava em pagar você, pagar as contas atrasadas, fazer consertos em casa, devolver o dinheiro do meu irmão, conseguir uma babá que viesse à tarde para eu poder sentar e trabalhar. Nove meses ou quem sabe dez de trabalho tranquilo, de porta fechada, sem interrupções. O romance para a editora espanhola e as crônicas para a Colômbia. Eu estava devendo dois livros. Já tinha quase acabado as crônicas, só faltava encontrar uma estrutura, dar a elas uma ordem. O problema era o romance. Dez meses para escrever um romance. Nada mal. Aquele ia ser meu grande romance. Ainda estava na minha cabeça. Um sujeito ia embora, deixava mulher e filhos e desaparecia no Brasil, transformava-se em outro. Haveria momentos em portunhol e muito jogo de palavras, muita pólvora verbal, o romance ia arrebentar o castelhano e abri-lo como uma árvore em todas as direções, aconteceriam mil coisas, na praia, em Brasília, no Amazonas, muito sexo, lanchas circulando por grandes rios, contrabando, drogas, xamãs, balaços, bailecos, histórias dentro de histórias, aquele ia ser meu *Ulysses*, meu *Grande sertão*, meu romance total.

Mais três pessoas, e seria minha vez de ser atendido pelo caixa. O segurança caminhava devagar pelo banco, com um passo meio ausente. Estava vendo o Suárez no programa de televisão. Havia outro cara que acho que era o Loco Abreu, o que marcou um gol de pênalti de cavadinha no Mundial de 2010 contra Gana. Todo mundo pensou que ele não podia ser louco a ponto de cobrar o pênalti de cavadinha, e o cara foi lá, tranquilo, indiferente ao nervosismo planetário, olhou para a bola, tomou muita distância, saiu correndo com grandes passadas, e quando parecia que ia chutar com tudo tascou a cavadinha, um chapeuzinho no nada, uma parábola do efeito demolidor da lentidão, um elogio à loucura, e a bola entrou devagar, rindo dos canhonaços histéricos, humilhando o goleiro, que se jogou para o outro lado. Imensa ovação. O Uruguai foi para as semifinais. Eu curioso para saber o que o Loco Abreu estava dizendo. Todo mundo na fila olhando a telinha. Em algum momento, sem que nos déssemos conta, nós, humanos, nos transformamos em Rain Man. Não conseguimos viver sem uma telinha. Eu não vou ao banheiro sem o celular. É o terror ao silêncio. A gente vai entrando nessa por hábito. Cada um com sua minitevê na mão. E, como no banco é proibido usar o celular, põem uma tela na parede. Agora estavam passando um vídeo que haviam desencavado em algum arquivo no qual se via Suárez com dez anos mais ou menos num programa de jogos infantis, era preciso atravessar obstáculos, escorregar por tobogãs, escalar. Já dava para perceber nele o jeitão desesperado e competitivo. Depois veio a habilidade.

Qual era a *minha* habilidade? Combinar palavras? Arquitetar frases eloquentes e expressivas? Ao fim e ao cabo, o que eu sabia fazer? Toda vez que ganhei grana na vida foi fazendo o quê? Juntar palavras numa página não me rendera muito dinheiro. Ensinar, um pouco mais, talvez. Minhas aulas na faculdade, meus cursos de redação, minhas oficinas. O truque, nas oficinas, é não intervir demais, contagiar os outros com o entusiasmo literário, deixar que as pessoas se equivoquem e percebam isso sozinhas, animar, guiar, deixar que o grupo caminhe por conta própria, que cada um encontre aquilo que está procurando e se conheça melhor. Algo assim. As instituições e universidades me pagavam para fazer isso. Mas agora era diferente, agora estavam me dando dinheiro para eu sentar e escrever. Eu ficava em dívida com eles. E a dívida era uma coisa invisível que se escondia em meu cérebro. Uma sucessão de imagens inter-relacionadas que deveriam sair da minha imaginação. Aquilo com que eu deveria pagar não existia, não estava em lugar nenhum. Era preciso inventar. Minha moeda de troca era uma série de conexões neuronais que iriam produzindo um sonho diurno, verbal. E se essa máquina narrativa não funcionasse?

Dinheiro, cédulas. Quando eu era pequeno, mamãe me dava "uma vermelha e uma azul" para a cantina no recreio do colégio. Eu não sabia quanto era aquilo. As cédulas tinham cores, não números. Rostos antigos, filigranas. Desde aquele tempo, nos anos 1970, até hoje, San Martín viu passar treze zeros com o rabo do olho. E eu, quanta grana terei custado a meu pai? Desde meu nascimento no hospital, do plano de saúde até as últimas vezes em que lhe pedi um empréstimo, pouco antes de sua morte. Desde que apareci no mundo fui um esparramo de cédulas: casa, comida, clubes, colégio inglês, uniformes, ortodontia, férias na praia, semanas de esqui, viagens à Europa, presentes, um cavalo, universidade particular, gasolina, funilaria e pintura de várias batidas, grande parte de nosso apartamento na Coronel Díaz.

Todo esse dinheiro que me formara, que me fizera pertencer a um grupo social, a uma série de amigos, a uma maneira de falar — e isto era curioso: o dinheiro formara minha língua. Uma vez dois ladrões assaltaram minha irmã num táxi e, quando ela mandou os dois para a puta que os pariu, um disse para o outro: Viu como dá para ouvir a grana quando ela fala? É um jeito de engolir as consoantes certas: *coacola* em vez de *Coca-cola*, *caallo* em vez de *caballo*, *ivertido* em vez de *divertido*, *too ien* em vez de *todo bien*, *neecito* em vez de *necesito*... Os infinitos códigos de classe. E o preço do meu anglicismo, quanto custara formatar aquela parte específica do meu cérebro em outro idioma? O sonho que eu tive uma vez, de um sujeito gritando no quarto ao lado, e, quando eu perguntava o que estavam fazendo com ele, me respondiam: Estão arrancando sua língua inglesa.

O dinheiro estava na minha infância, me cercava, me cobria de roupa boa, quadras de um bairro seguro na capital, alambrados de fim de semana, cercas de clubes, ligustros bem podados, barreiras que se erguiam para eu passar. E depois eu me dera ao luxo de dar uma de desajustado, de artista sem vocação empresarial, de boêmio. Era um luxo a mais. O rebento sensível da alta burguesia. Mas o preço de minha boemia começava a ser pago agora. Era a longo prazo. Um declínio gradual: uma mudança de bairro com alguma justificativa sutil, o filho que não conheceria a neve, nem a Europa nem a Disney, e seria preciso trocá-lo de escola quando a mensalidade ficasse inacessível, e no futuro ele seria ignorado e desconsiderado em seus primeiros trabalhos, pertenceria sem pertencer, seria semiconvidado, sempre de férias em piscinas alheias e herdando o carro desmantelado que supostamente continuava andando. Eu aos vinte e cinco anos precisei aprender a limpar minha própria casa, a passar aspirador, lavar os banheiros com Cif, pôr a roupa para lavar, pendurá-la, fazer comida duas vezes por dia, lavar a louça antes de ir para a cama. A viver minha vida. Tinha sido bom ou ruim? Agora, com quarenta e quatro anos, era ruim, definitivamente péssimo. Era assim que eu sentia. Estava cansado, queria ter empregada, diarista, ou pelo menos uma babá durante parte do dia para poder me trancar e ter um momento livre para escrever ou pelo menos fingir que escrevia. Queria ficar sozinho e acreditava que a solidão custava um monte de dinheiro, implicava empregadas fazendo as coisas que eu não queria fazer. Me sentia o pobre entre os ricos, o mendigo dos condomínios, o momentaneamente pendurado na grana dos outros. Queria meus dólares imediatamente. Escrever ouvindo alguém passar o aspirador em algum aposento da casa, alguém que não fosse eu. Isso me parecia um luxo. Quem diria, quando na adolescência eu dormia até tarde e a empregada passava o aspirador pelo corredor do lado de fora do meu quarto e batia na minha porta com o tubo, quantas vezes acordei desse jeito, eram os aspiradores me chamando, você vai ver, Luqui, já, já vamos entrar na sua vida, daqui a pouco você vai nos conhecer. Turbinas de aspiradores soando a todo volume como uma premonição.

O próximo da fila era eu. Verifiquei se estava com o passaporte no bolso. Era uma da tarde. Faltava só um patinho da fila para que eu chegasse à meta, uma mulher de casaco roxo falava com a moça do caixa, as duas se conheciam, dava para ouvir tudo. Olhei para ver quem estava atrás de mim. Um sujeito de uns cinquenta anos. E atrás, mais gente. Eu ia tomar cuidado para falar baixo, para que ninguém ouvisse minha solicitação. Não havia divisória para isolar a atividade do caixa. Na

Argentina os bancos haviam sido obrigados a cobrir a área dos caixas para que os outros não soubessem quanto dinheiro a pessoa retirava. Isso depois de terem baleado uma grávida que saiu do banco com dinheiro para uma transação imobiliária. Não me lembro do nome dela. Culparam o banco, o caixa foi considerado suspeito... Foi o mais impressionante de uma série de assaltos violentos, e os bancos acabaram instalando aquelas divisórias que escondiam os caixas. Aqui eu estava meio exposto.

A senhora de casaco roxo foi embora.

— Próximo! — disse a moça do caixa.

Me aproximei e falei com ela meio agachado através da abertura por onde era passado o dinheiro.

— Eu gostaria de retirar quinze mil dólares — disse baixinho, entregando o passaporte.

— Fale por aqui — ela disse, apontando para uma espécie de alto-falante bem na frente de seu rosto.

Repeti a frase o mais baixo possível.

— Quinze mil? — ela perguntou, e a voz saiu forte.

Confirmei com a cabeça. Ela olhou meu passaporte, verificou alguma coisa no computador. Saiu do caixa, falou com um funcionário em um dos boxes. Os dois olharam para mim. O funcionário disse alguma coisa para ela. A caixa voltou:

— Normalmente as retiradas de mais de dez mil dólares devem ser feitas na agência central, a não ser que se faça um agendamento antecipado em alguma agência. Mas vamos abrir uma exceção, está bem?

— Ah, eu não sabia, obrigado.

Ela me fez assinar o recibo, conferiu minha assinatura, tornou a sair do caixa. Foi até o fundo, desapareceu atrás de uma porta. Movimentação excessiva. Reapareceu com um maço de cédulas, enfiou-o na contadora elétrica. A máquina fez um barulho horroroso e delator. Prendeu o maço com um elástico e, quando estava a ponto de passá-lo para mim, eu disse:

— A senhora poderia trocar quinhentos dólares em pesos uruguaios?

— Sim, claro.

Ela trocou, me deu os pesos, que pus no bolso da calça, e me entregou o maço de dólares, que guardei no bolso interno da jaqueta. Subi o zíper, disse muito obrigado, me virei e saí do banco sem encarar ninguém.

Pronto. Eu já tinha munição. Pensei em Guerra. Foi a primeira coisa que me ocorreu. Um leque de possibilidades naquele maço que eu sentia encostado ao coração. Uma espécie de abertura para todas as direções possíveis. Dono do tempo. O tempo era meu. Quase um ano inteiro no bolso. Podia fazer o que quisesse. Por isso pensei em Guerra. E aquela potência vinha acompanhada de medo. O medo da presa na selva. A paranoia nos meus calcanhares. Apertei o passo, atravessei a praça del Entrevero na diagonal, atravessei a avenida na metade do quarteirão, entre os automóveis, e entrei na lanchonete La Pasiva. Era a hora do almoço, por isso estava cheia. Achei uma mesa vazia encostada na parede e me sentei, quase no fundo, olhando para a porta. Vi sua mensagem no celular: "Tudo bem?". Respondi: "Feito", mas demorei para enviar. Em certo momento apaguei a mensagem, depois escrevi de novo e apertei o enviar. A bateria estava na metade. Procurei uma tomada para o carregador, mas era de dois pinos redondos, e o meu carregador era de três pinos. Eu estava sem adaptador. Um garçom de colete preto se aproximou, muito penteado, meio parecido com o Zitarrosa:

— Patrão — disse, assim, sem ponto de interrogação. — Um chope pilsen, por favor.

Esperei. Ia me encontrar com Guerra em outro lugar, na *rambla*. Estava ali fazendo hora, me misturando às pessoas num lugar seguro. Me perguntei se era mais seguro sair do banco e ir para um restaurante ou perambular pela rua, entrando de vez em quando em algum edifício, em algum hotel, para despistar. O garçom me trouxe o chope.

— Obrigado.

— De nada — disse ele.

Eu avaliava a pinta de todo cara que entrava. Imaginei que um deles se aproximava da minha mesa, me dizia em voz baixa "Me passe a grana e não acontece nada", abrindo um pouco o casaco para me mostrar a arma, que eu dava o dinheiro sem pestanejar, o cara saía, e era o assalto perfeito. Tomei dois goles grandes de chope. Peguei a mochila e fui ao banheiro.

Entrei num dos cubículos das privadas, mas a porta não tinha trinco, fui para outro e também não tinha. Os trincos haviam sido arrancados. Fiquei de costas na porta para que ninguém abrisse e tirei da mochila o cinto de guardar dinheiro usado pelos viajantes. Pus depressa o maço ali dentro, fechei o zíper e o prendi na cintura. Abri a calça. O maço ficava sobre meu púbis. Ajustei o elástico e fechei a calça por cima. Fiquei parecendo uma mula que pretende passar droga pela fronteira. Me olhei, alisei a roupa. Parecia uma barriguinha, mas com o suéter e a jaqueta solta não se percebia. Era mais seguro que andar com a grana na jaqueta.

Quando saí do banheiro e voltei para a mesa, percebi que o cinto era meio incômodo. Sentado, o maço de dinheiro ficava apertando minhas coxas. De todo modo fiquei assim, dali a pouco tudo se acomodava, eu me acostumaria. A rádio do restaurante tocava umas músicas tipo anos 1980: Guns & Roses, Eagles e uma canção que sempre achei horrível e que fala alguma coisa do "*toy soldier*" que não sei de quem é e que me lembra uma namorada do colégio que passava o tempo inteiro ouvindo essa música. Olhei o cardápio. Tudo me dava fome: os sanduíches do tipo *chivitos especiales*, os doces de merengue, biscoito e frutas de sobremesa. No logotipo um menino loiro comia um cachorro-quente gigante sentado num barril onde estava escrito La Pasiva. Sempre achei graça nessa imagem. Ninguém teria aberto em Montevidéu uma cadeia de restaurantes chamados La Activa? O chope foi melhorando meu humor, me relaxou. Esvaziei o copo com dois goles grandes. Todos os males do mundo haviam chegado ao fim. Chamei o garçom, paguei e saí para a rua.

5

Jogada concluída. Felizmente. Foi o que pensei ao sentir o sol no rosto. Havia tomado as devidas precauções. Agora era só entrar no movimento do dia. Relaxei e me entreguei ao prazer da caminhada. Ia ao encontro de uma mulher. Não há nada melhor que isso. Por toda parte, um dia azul de setembro.

Cheguei à praça Independência, o monumento a Artigas mal projetava uma sombra. Um casal de brasileiros desorientados consultava um mapa. Tive a sensação de tê-los visto no ferry. O homem, musculoso, meio café com leite, de boné; a mulher, com penteado recente de cabeleireiro, coxas fortes, jeans apertado, brincos grandes. Apontavam para o alto alguma coisa atrás de mim quando passei ao lado deles. Andei mais alguns passos e me virei. Lá estava o Palacio Salvo. Gigante. Guerra me mandara um link para o disco-solo do cantor do Blur que tinha na capa uma foto daquele edifício antigo, meio *art déco*, meio gótico. Na avenida de Mayo, em Buenos Aires, há um gêmeo dele, o Barolo. Os dois têm uma torre com um farol. Em algum momento esses dois faróis transmitiam sinais um para o outro nas duas cidades, eram uma espécie de portal de entrada para o Rio da Prata. Ali estava ele, imponente. Mas na capa do disco aparecia em outro ângulo. Como se visto de cima para baixo, de um edifício mais alto. Olhei em torno. Provavelmente haviam tirado a foto de um andar alto daquela torre, do hotel Radisson. Foi essa a carambola instantânea de associações: olhei os brasileiros que olhavam o edifício ali atrás e que era idêntico ao da foto tirada do Radisson para a capa de um disco que Guerra me mandara. Com esses ricochetes minha cabeça subiu para um andar alto. E meu desejo também. Era uma coisa que eu podia fazer. Por que não? Atravessei a rua e entrei no hotel.

O lobby estava quase deserto. Piso de mármore, poltronas de couro, teto alto, superfícies lisas, o espaço vazio do luxo, atmosfera internacional. Fui atendido na recepção por um jovem que percebeu que eu estava um pouco vacilante.

— Em que posso servi-lo, senhor?

— Boa tarde, eu gostaria de saber qual é o preço de um quarto no andar... Quantos andares são?

— Temos quartos até o vigésimo quarto andar.

— No vigésimo andar, com vista para a praça. Qual é o preço?

— Cama de casal?

— Sim.

— Duzentos e quarenta dólares a diária.

Olhei para ele, achei que seria mais caro. Eu tinha pensado que o valor excessivamente alto decidiria por mim, eliminando a possibilidade.

— Perfeito. Quero um quarto — falei.

— Só uma pessoa?

— Sim.

— Posso ver seu cartão de crédito?

— Se eu pagar agora em dinheiro é necessário cartão?

— Não, se pagar agora não é preciso.

Tive dificuldade para tirar o dinheiro do cinto. Fiz algumas manobras suspeitas. O sujeito me olhava, sem ver o que eu estava fazendo com as mãos, do outro lado do balcão, tentando afrouxar a calça. Deve ter dado a impressão de que eu estava querendo mijar ali mesmo. Entreguei-lhe meu passaporte e paguei com trezentos dólares.

Subi até o quarto 262. O número me agradou. Abri a porta. Larguei a mochila em cima da cama e puxei a cortina. A vista daquela altura! A torre estranha do Palacio Salvo, o horizonte do rio ao fundo. Estava vivendo minha vida. Chega de sublimar com literatura, inventando histórias. Queria viver a minha. Ver e apalpar. Entrar na realidade. Entrar em Guerra. Em guerra com a merda da minha fantasia, com meu eterno mundo invisível. Sentei-me na cama. Testei as molas do colchão. Queria abraçá-la nua ali, seu corpo real comigo. Aquela era a cama onde eu finalmente passaria do pensamento ao ato. Você já tinha feito isso, de vez em quando passava para o outro lado do espelho, voltava trazendo odores, humores, opiniões, risos, ecos de uma intimidade que eu não conhecia; depois sonhava sozinha ao meu lado. Eu também sonhava sozinho. Naquele momento, ali sentado naquele quarto vazio, eu era uma espécie de diretor em busca de locações para um filme que eu nunca ia rodar.

Não deixei nada no quarto além de uma biografia enorme de Rimbaud, de seiscentas páginas, que levara para terminar de ler e nem havia aberto na viagem inteira. Pesava na mochila. Ficou na mesa de cabeceira. Fui ao banheiro, dei uma mijada longa e espumosa. Nervoso com o dinheiro, nem tinha percebido que estava com vontade. Lavei as mãos e o rosto. Me olhei no espelho. Penteei um pouco o cabelo grudado pelas horas passadas no ônibus. Lá estava meu rosto. Como sempre, me senti meio irreal. Disse: Vamos, Pereyra. Antes de sair do quarto, fotografei a janela. Eram dez para as duas.

Atravessei a praça e desci pela rua de trás do teatro Solís. Uma rua larga que vai até a *rambla*. Mais uma vez um pedaço do horizonte violáceo do rio aberto. Tive a intuição de um poema, mas não o anotei, nem me lembro do que pretendia dizer. Talvez fosse puro entusiasmo por causa da cerveja, ansiedade expectante. Mas eu andava com o espírito diáfano, intuindo um poema azul-claro, atmosférico, com a reverberação íntima de uma Montevidéu meio deserta. Me lembrei daquele poema de Borges sobre Montevidéu, em que ele fala da piedade de um declive. *"Mi corazón resbala por la tarde como el cansancio por la piedad de un declive"*. Depois ele o corrigiu e ficou: *"Resbalo por tu tarde como el cansancio..."*. Vê-se que ele achou que um coração que desliza seria demais, uma imagem quase de açougue, de bolero (de fato, "coração" é uma das palavras que Borges mais riscou ao revisar seus escritos). Fica bem essa segunda pessoa íntima, no começo ele fala quase em segredo à cidade: deslizo por tua tarde. E também eliminou dois versos inteiros. O primeiro dizia: *"Eres remansada y clara en la tarde como el recuerdo de uma lisa amistad"*. Para ele, alguma coisa deixou um ruído, a repetição de tarde, os dois adjetivos meio rebuscados: *remansada, lisa*. E o outro que cortou dizia: *"El cariño brota en tus piedras como un pastito humilde"*. Talvez tenha achado meio sentimental com o diminutivo. Mas eu gostava do poema. Fala da capital uruguaia como uma Buenos Aires do passado. *"Eres nuestra y fiestera, como la estrella que duplican las aguas"*, diz. Festeira, embora hoje tenha ficado estranha porque se impregnou de erotismo, continua sendo uma boa palavra. Tem em si o *candombe*. E o ar duplicado de Montevidéu; igual, mas diferente, movendo-se no reflexo. Depois do amanhecer, do sol que se ergue sobre as águas turvas. E termina com o verso: *"Calles con luz de patio"*. Um verso breve, eficaz depois dos versos longos, que capta um ar amável e familiar de casas baixas, uma hospitalidade dessa Montevidéu idealizada. Eu, em algum momento daquele ano, imantado pela paixão à distância, tinha decorado o poema e, enquanto fazia isso, encontrara a diferença entre as duas versões.

Vi de longe o Santa Catalina com seu toldo amarelo. Passei perto de uma construção semidemolida, com paredes grafitadas, atravessei a rua e entrei. Havia um par de clientes almoçando. Guerra ainda não chegara. Cumprimentei e me sentei numa mesa do lado de fora, olhando na direção de onde ela viria caminhando. Diziam que às vezes o presidente Mujica ia comer ali. Ficava perto da sede do Poder Executivo e era um lugar que combinava com o estilo simples e popular de Mujica: um boteco antigo, sem pretensões, com cadeiras de alumínio na calçada e comida honesta. Era agradável sentar à sombra do toldo, Cata, naquele bar com o nome da sua santa, esperando uma mulher que eu tinha visto duas vezes na vida. A primeira em janeiro e a segunda naquele mesmo bar, em março.

Um homem mais velho, vindo de dentro, se aproximou de mim. Dessa vez eu é que comecei:

— Como vão as coisas, patrão?

— Por aqui tudo bem. E com o senhor? — perguntou, enquanto passava o paninho pela mesa limpa.

— Excelente. Lindo dia para uma cerveja.

— Qual prefere?

— Uma pilsen grande e dois copos.

— Está esperando alguém?

— Uma senhora.

— Maravilha. Vão almoçar?

— Acho que sim.

— Melhor ainda — disse, e entrou.

Na última vez, quando fui a Montevidéu abrir a conta no banco, eu e Guerra havíamos tomado várias cervejas naquela mesma mesa. Contei a ela meu microplano econômico, disse que viajaria várias vezes por ano para buscar dinheiro, que íamos poder nos encontrar sempre que eu fosse para lá. Ela continha meus avanços. Dizia: Há muitos olhos em Montevidéu. Ria. Naquela vez voltei a Colonia no ônibus que saía cedo de Tres Cruces, portanto ficamos pouco tempo juntos. Não trocamos nem um beijo. Mas conversamos muito. Ela me contou que estava morando com o namorado no bairro Nuevo París, que continuava no jornal, que ia e voltava de bicicleta. Contou da doença da mãe, um câncer de medula que a levou muito depressa. Estava brigada com o pai e tinha um irmão que morava nos Estados Unidos. Daquela vez levei um livro de presente para ela, mas não meu: os diários de Herzog durante a filmagem de *Fitzcarraldo*. Ela disse que andara atrás de meus livros em Montevidéu, mas que não tinha encontrado nenhum. Lera uma ou outra coisa minha on-line e disse que havia gostado. Não me lembro do que mais falamos. Sei que prometi voltar logo e não cumpri, porque só voltava agora, seis meses depois.

Do outro lado da rua apareceu uma mulher grávida de barrigão redondo. Era Guerra? Parecia. Veio na minha direção, mas atravessou na diagonal e, quando a vi melhor, percebi que não era. Foi em frente, mas meu coração continuou aos saltos por algum tempo, como se quisesse esquivar-se à punhalada. Por um momento imaginei que ela surgia daquele modo, de barrigão. Era possível. Se bem que, se fosse assim, talvez ela tivesse me contado alguma coisa por e-mail. Imaginei-a chegando grávida, nós dois indo passear, tomar sorvete, sentando de vez em quando para ela descansar. Eu ia com ela ver roupinhas de bebê. O filho não podia ser meu, disso eu tinha certeza. Imaginei que, mesmo grávida, ela quisesse trepar; íamos para o meu quarto no hotel. Compus um filme inteiro muito terno dela nua com sua barriga, linda, os peitos crescidos. Fiquei excitado. E isso mesmo não tendo fetiche por grávidas, mas de repente achei que teria podido estar com ela nessa condição. Você, na gravidez, também estava linda.

O homem me trouxe a cerveja, pôs o pano no ombro, foi até o meio-fio para sair da sombra do toldo e ficou olhando o céu na direção da *rambla*. Tive a sensação de que ele queria conversar.

— E o presidente, será que vem hoje?

— Faz tempo que o Pepe não aparece.

Enchi o copo. O homem continuava olhando na mesma direção, como se procurasse alguma coisa ao longe.

— Vem tempestade? — perguntei.

— Não, tempestade não. Extraterrestres — disse sorrindo.

— Ah, é?

— Ontem apareceu uma luz lá, sobre o rio.

— Um óvni?

— Sei lá o que era. Brilhava, parecia um losango, deste tamanho.

Sugeriu com as mãos uma forma que não entendi direito. Achei que talvez ele estivesse de gozação comigo. Perguntei, desconfiado:

— Se mexia?

— Não, estava imóvel. Uma luz rosa. Dava pra ver direitinho. Devia estar a uns quatro ou cinco quilômetros daqui. Grande.

— É... às vezes aparecem coisas estranhas — falei.

— Eu nunca tinha visto uma coisa assim.

Tive a impressão de que o sujeito falava sério.

— Todo mundo aqui viu, mas nem a televisão nem o jornal deram nada.

— Vocês ficaram com medo?

— Não! Foi mais a surpresa. Todo mundo ficou olhando, e de repente, assim como a coisa apareceu, ela se apagou.

— Vocês não tinham bebido nada diferente?

— Só água — disse ele, sem rir.

— Vai ver que era Nossa Senhora.

— Não, ninguém aqui é religioso.

— Não é preciso acreditar — falei. — Além disso, Virgem ou extraterrestres não dá no mesmo?

— Ah, isso eu não sei — respondeu.

Ele não queria teorizar. Nem eu.

Perguntei quantos anos tinha o bar, quem era o cozinheiro, qual era a especialidade da casa, o que ele me recomendava. Cordeiro ao forno com batatas e batata-doce, ravióli ao sugo, cozidos... Tudo me dava fome.

— Daqui a pouco, quando a senhora chegar, a gente pede.

— Muito bem — disse ele, entrando.

— Se aparecer alguma coisa no céu, eu aviso.

— Combinado.

Eram duas e quinze, e nada da Guerra. Pensei na possibilidade de ela não aparecer. Uma parte de mim quase preferiu isso. Assim eu poderia ir embora com a aura de abandonado e não de rejeitado, livre da humilhação, quase vencedor, porque o encontro seria declarado nulo por desistência. Eu poderia dizer a mim mesmo: ela não se apresentou. Não compareceu ao encontro. E isso evitaria que eu me metesse em encrenca. Me deixaria livre do engodo e da mentira. E eu poderia ficar deste lado. Sem cruzar limites sem volta. Era uma maneira de eu não assumir, suponho. Um bom truque para que não fosse eu a decidir, e sim as partículas elementares do devir caótico. Meu coração batia forte. Ainda estava em tempo de eu me mandar. Por um momento considerei a hipótese. Levantar, pagar e sair sem olhar para trás, afastar-me pela *rambla*, passear e fazer hora até o encontro com Enzo, à tarde. Um talho limpo. Depois, desculpas por e-mail. E ficar em paz, sozinho, pensar nas minhas coisas, me concentrar no romance, ir a algum outro bar da 18 de Julio… De repente o encontro me deu pânico. Eu ia falar o quê? Como faria para convencê-la a ir comigo ao hotel? Estava meio cansado, com fome. Com baixa de energia. E se ela aceitasse ir ao hotel e meu pau não endurecesse, de nervoso, de cansaço e de excesso de expectativa? E se o namorado viesse no lugar dela pra arrebentar a minha cara? Ou quem sabe para conversar comigo. Você é o Lucas Pereyra? Uma vez aconteceu isso com meu amigo Ramón. Ele tinha marcado um encontro na frente de um motel com uma mulher que estava noiva. Os dois já haviam se encontrado umas duas ou três vezes. De repente, quando ele está lá esperando por ela, aparece um cara e diz Você é o Ramón? Sou. Eu sou o noivo da Laura. Fique tranquilo que não vou bater em você. Mas se você for atrás da Laura mais uma vez, vou ser obrigado a te matar. Entendido? Entendido, respondeu Ramón, e o cara foi embora. Ramón contou que ele não era assim tão grande, mas que tinha uma atitude decidida e controlada que o aterrorizou. É óbvio que ele nunca mais viu a mulher nem contou o episódio a ela. Imaginei que se o namorado da Guerra ficasse sabendo — aquele sujeito que eu vi em Valizas quando ela saiu da Kombi —, ele seria menos inclinado ao diálogo. De qualquer modo, eu não tinha feito nada, só havia marcado um encontro com ela ali para almoçar. Até agora tudo era completamente inocente.

Com o rabo do olho, vi o cachorro com focinheira e alguém deu um apertão na minha nuca com os dedos. Dei um pulo, empurrei a mesa e derrubei meu copo de cerveja, que por sorte estava quase vazio. Era Guerra chegando da *rambla* com o cachorro. Estava diferente, quase irreconhecível.

— Oi, meu bem, não se assuste — disse ela no meu ouvido, me abraçando. — Vou até o banheiro, segure aqui.

Me deu a guia do cachorro, endireitou o copo e desapareceu no interior do bar. A visão meteórica de suas costas, da maçã azul de sua bunda no jeans. Tudo isso se passou em cinco segundos. Um terremoto. Fiquei ali de pé segurando a guia. O cachorro me olhou com ar constrangido. A focinheira mais parecia um castigo que uma cautela. Era um pitbull preto com um mancha branca no peito. Um pitbull tímido. Os dois sem graça com aquele encontro forçado. Ele olhou de novo para mim, baixou os olhos e se sentou. Aí eu também me sentei.

6

Não dá para entrar no hotel com o cachorro. Foi a primeira coisa que me ocorreu. Ainda mais com *aquele* cachorro. Anos e anos de manipulação genética haviam levado o animal a ser o que era: um cão-mandíbula, violento, maciço, um volume compacto de mordidas letais, um diabo-da-tasmânia de cabeça enorme e quadrada. A focinheira anulava sua essência. Era Tyson de algemas. De tempo em tempo ele me olhava de esguelha.

Quem podia querer um cachorro desses? Que buraco afetivo-emocional aquele monstro preenchia numa casa? Ele era a metáfora do quê? Duplo animal, *nahual*, de quem? Por que, caralho, aquela garota me aparecia com o namorado transmutado em cão e me deixava um tempinho cuidando dele? Ou era o cachorro que estava tomando conta de mim? Pus cerveja nos dois copos. E Guerra apareceu. Como ela era bonita, meu Deus.

— Você está mais magro, Pereyra — disse, sentando-se.

— E você está diferente. É o cabelo, não é?

— Tirei a franjinha.

— Ficou bem. Você está mais…

— Mais o quê?

— Menos menina.

— Está me achando com cara de mais velha?

— Não, você está… mais mulher. Menos garotinha. Ficou muito bem.

Nos olhamos por um instante sem dizer nada, sorrindo um para o outro.

— Quer me passar o Cuco? — ela perguntou.

— O nome dele é Cuco?

— É, não está vendo que ele é meio monstrinho?

— É mesmo um pouco monstrinho. Ele não vai fugir?

— Não, mas por via das dúvidas é melhor prender na cadeira. Me levantei e enfiei o pé da cadeira no laço da guia.

— Pronto. Ele morde?

— Não, é supermanso. Mas de uns dois anos pra cá os cachorros assim, de briga, são obrigados a andar com focinheira em lugares públicos.

— Que país mais organizado o Uruguai. É o cachorro do seu namorado?

— Sim e não.

— Não entendi.

— Sim, é o cachorro dele, mas não, ele não é mais meu namorado.

(Não sou peronista, mas às vezes, por dentro, fazendo cara de jogador de pôquer, a gente grita Viva, Perón.)

— E por que você está com o cachorro?

— Uma amiga vai tomar conta dele até ele voltar de uma viagem.

O garçom se aproximou. Perguntei a Guerra o que ela queria comer.

— O que você vai comer? — ela perguntou.

— Eu quero o tal cordeiro com batatas e batata-doce.

— Eu também — disse Guerra.

O sujeito entrou para encaminhar o pedido. Ergui o copo e brindei:

— Que bom te ver, Guerrita.

— Digo o mesmo, Pereyra.

Batemos os copos um no outro.

Por um momento, pensei: Quem é essa garota? Minha sensação é de que era uma desconhecida. Eu não conseguia fazê-la coincidir com meu delírio de meses. Não digo que não estivesse linda — de fato, com aquele jeans e aquela camiseta meio aberta nas costas estava ainda melhor que nas férias —, mas o fantasma da Guerra que me acompanhara durante aquele período era tão poderoso que me parecia estranho que essa de agora, diante dos meus olhos, fosse a verdadeira.

— O que aconteceu com seu namorado?

— A nova epidemia uruguaia passou.

— Quê?

— O pior é que foi ideia minha. Aumentaram muito o aluguel da casa dele e aí eu falei para a minha amiga Rocío, aquela da editora, lembra? A que estava em Valizas?

— Sei...

— Perguntei se ela não queria dividir o aluguel conosco, porque ela estava procurando.

— Hmmm... O que sua amiga estava procurando? Isso não vai acabar bem.

— Pare! Dividimos o aluguel entre nós três. Nos dávamos bem: cozinhávamos juntas, nos revezávamos na limpeza, e além disso ela às vezes liberava a área, porque visitava bastante a mãe. Tudo ideal.

— Ela se dava bem com seu namorado?

— Não, César dizia que não ia com a cara dela.

(Era a primeira vez que eu ouvia o nome do namorado. César. Olhei para o cachorro, ele havia adormecido embaixo da mesa.)

— Ela se recolhia, não era muito de ficar tomando chimarrão com a gente nem vendo TV. Trazia uns biscoitos, pegava dois ou três e ia com seu chimarrão ler no quarto.

— A inquilina perfeita — falei.

— A perfeita filha da puta. A mosquinha-morta que não arranjava namorado, que não queria sair para dançar, nada! Um dia estou lá arejando um pouco o quarto dela, dei uma varrida, ia estender os lençóis, e vejo em seu travesseiro um cabelo branco, assim, curto. Rocío não tem cabelo branco. César tem.

— Que horrível — falei.

— Ho-rrí-vel! Fiquei gelada e as fichas começaram a cair, todas as peças do quebra-cabeça se encaixaram: as vezes em que os dois haviam ficado sozinhos enquanto eu estava fora, a maneira como César enrolava para sair, para que eu saísse primeiro, e até o fato de eles não se darem bem, tudo mudou de sentido, era constrangimento!

— Eles faziam de conta que era antipatia.

— Claro!

— Mas espere aí — falei —, porque… Desculpe dizer isto, não vi sua amiga assim tão detalhadamente, mas ela não é uma garota irresistível.

— Nem um pouco. Ela é feia! Era o que eu gritava para o César. Porque até hoje não entra na minha cabeça. Eu não ia botar um mulherão dentro da minha casa pra ela deixar meu namorado enlouquecido. Rocío era minha amiga, do tipo nada de mais, sem curvas, nem peitos ela tem, caladinha, parada, rata de biblioteca… O que acontece é que vocês encaram o que for.

— Não me enfie no mesmo saco.

— Os homens só não comem as irmãs porque elas não querem, senão traçavam também. A mãe idem.

— Hmm… Voltemos a esse homem em particular. Você foi pra cima dele?

— Primeiro eu quis ter certeza.

— O que você fez?

— Gravei os dois.

— Não! Como?

— Num sábado de manhã, Rocío estava no banho e deixei meu celular gravando embaixo da cama dela. César estava ouvindo música no nosso quarto. Falei pra ele que eu ia ao Centro numa reunião do filme.

— Que filme?

— Estou trabalhando num filme.

— Que bom.

— Dureza.

— Como atriz?

— Não, na produção. Mas, espere aí, depois eu conto essa parte. O fato é que eu saí. Voltei ao meio-dia, esperei a Rocío ir para a casa da mãe dela e peguei o celular.

— Estava lá? Eles não descobriram?

— Não, eu tinha deixado no silencioso: fica gravando e parece apagado. Pus os fones de ouvido e falei pro César que eu ia dar uma volta com o Cuco.

Guerra ficou em silêncio.

— E?

Ela não falava nada, só fazia um movimento de cabeça, como um minúsculo não. De repente falou com voz entrecortada. O choro feminino me apavora. Quem mandou eu me meter nesse dramalhão venezuelano, pensei. Como interrompo isso? O que diz o manual num caso desses? Como se faz para comer uma garota que está chorando e com o cachorro do namorado? Essa é a minha primeira reação quando vejo uma mulher chorar, meu cérebro se afasta o máximo possível, vai para o fundo do meu egoísmo, para a outra ponta do sofrimento e do amor, planejo a fuga, depois aos poucos começo a voltar, fico acolhedor, talvez porque o choro feminino comece a exercer sobre mim o efeito planejado.

— Nunca pensei... Nunca pensei, juro — dizia Guerra com lágrimas nos olhos. Seu rosto se derreteu. — Ele dizia pra ela as mesmas coisas que dizia no meu ouvido quando a gente trepava!

— Que coisas?

— Nada, não vou te contar, é muito íntimo, mas ele dizia as mesmíssimas coisas.

— Terrível isso, Guerra. Não é bom ficar sabendo tanto. Você não devia ter gravado os dois.

— É que eles iam negar na minha cara. Eu queria saber a verdade.

— A verdade às vezes é demais.

— Não, eu prefiro. Assim, sabe o quê? Nunca mais quero ver esse filho da puta.

— Onde você está morando?

— Com meu pai.

— Você não estava brigada com ele?

— Estava, e continuo, mas a gente nunca se encontra.

De repente senti muita ternura e vontade de protegê-la. Queria abraçá-la. Mas a mesa estava entre nós. Agarrei a mão dela entre os copos, como um braço de ferro carinhoso, beijei seu punho.

— Você vai ficar bem — eu disse.

Ela concordava com a cabeça. Secou as lágrimas com as mãos. Dei a ela um pacotinho de lenços de papel e ela assoou seu nariz lindo.

— Vamos tomar um uísque — eu disse.

Trouxeram nosso cordeiro e pedi dois J&B com gelo.

— E você, como está? — ela perguntou.

— Bem. Mas acabe de contar. O que você fez?

— Ai, armei um barraco. Me descontrolei um pouco, mas já foi. Voltei, não falei nada, me joguei na cama e dormi. À noite os meninos iam lá em casa. Às oito eles começaram a chegar. Um, depois outro... Esperei. Quando todo mundo já estava lá, falei que eu ia pôr uma música e joguei nos amplificadores grandes o áudio dos dois trepando, na pior parte, quando ela gritava e dizia enfia mais.

— Você ficou maluca? E as crianças?

— Que crianças?

— Os meninos que haviam chegado.

— Não, os meninos são meus amigos. Pessoas da minha idade.

— Ah! Dá no mesmo, você estava maluca.

— É, mas valeu a pena. A cara dos dois! Dava para ouvir até as palmadas que um dava no outro. Ninguém entendia nada. Alguns riam. César foi até os amplificadores, desconectou meu celular e o espatifou contra a parede. Nem me olhou, foi andando para a porta, e quando ele já ia sair eu falei: Isso, se manda, cagão. E você, se também quiser se mandar, pode ir, eu falei para Rocío. Ela começou a chorar. Nossos amigos logo entenderam, mas não sabiam a quem consolar. Eu estava em pé, esperando ela ir embora, mas de repente ela disse: A gente ia te contar amanhã: estou grávida.

— O quê?!

— É isso mesmo que você ouviu — disse Guerra. — A espertinha está grávida.

Trouxeram o nosso uísque e bebemos depressa. O lance da gravidez mudava tudo. Eu não sabia o que dizer. Começamos a comer.

— Você conseguiu tomar suas providências? — ela me perguntou.

— Consegui, está resolvido.

— Que bom — disse Guerra.

Não sei se era porque eu estava com muita fome, mas aquele cordeiro foi um dos pratos mais deliciosos que já comi na vida. Era com alecrim, e as batatas e batatas-doces vinham cortadas em pedaços meio grandes, rústicas, douradas. Me joguei para trás na cadeira, relaxado. Ali embaixo do toldo havia uma luz de pátio, Borges tinha razão. Olhei Guerra comer. Achei que minhas chances tinham aumentado. Quem sabe ela quisesse sexo por vingança, para reposicionar sua autoestima. Eu não devia exagerar no meu papel de enxuga-lágrimas, para não ser apanhado num redemoinho descendente. O maior problema continuava sendo o cachorro. Pedi mais dois uísques.

Procurei a foto que havia tirado da janela do quarto do hotel.

— Olhe, Guerra — falei, e lhe passei o telefone.

Ela largou os talheres para segurá-lo.

— O Palacio Salvo?

— É, acabei de tirar essa foto do quarto do hotel.

— O Radisson? Arrá, hein, Pereyra. Suas coisinhas estão rolando bem...

— Reservei esse quarto para podermos ficar sozinhos.

— Você está com tudo planejado...

— É.

— E há quanto tempo você fica planejando essas coisas?

— Desde que te vi dançando em Valizas.

— Ah, olha só!

Me aproximei dela e ela se aproximou para ouvir o que eu ia lhe dizer em voz baixa:

— Quero invadir sua sesta. Ver você nua. Te dar muitos beijos.

Olhei sua boca. A enormidade de coisas que aquela boca pensou em dois segundos. Ela meio que mordeu os lábios, quase fez biquinho, entortou para um lado, sorriu.

— Tenho uma amiga que trabalha na recepção do Radisson. Alguém pode me ver. Eu já te falei que Montevidéu está cheia de olhos.

— E que diferença faz, se você não tem mais namorado?

Frase mal escolhida. Ela se atirou para trás na cadeira. A intimidade que eu havia conseguido estabelecer acabou. Eu quis consertar as coisas:

— Você diz pra sua amiga que precisa fazer uma entrevista para o jornal.

— Quem escreve os seus roteiros, panaca?

Ri e também me atirei para trás na cadeira. Não ia ser tão fácil.

— Esqueça o tal grisalho.

— O grisalho é mais jovem que você. Quantos anos você tem?

— Quarenta e quatro.

— Ele tem trinta e oito, dez mais que eu.

— Um velho! E tem cabelo branco? Está acabado.

— Eu gosto assim, meio surradinhos pela vida, como jeans.

— Eu estou um bagaço, estou à beira da morte, vou morrer amanhã com certeza.

Pelo menos consegui que ela risse, mas recuperou as forças:

— Você é um mimado pela vida — disse Guerra. — Um Peter Pan que não quer deixar de ser criança. Por isso não envelhece.

— É que estou esperando você. Durmo congelado como o Walt Disney para te esperar.

— Quando eu tiver quarenta, você não vai mais gostar de mim.

— Vamos ver. Façamos um teste. Foi um amigo que inventou. Eu digo um personagem e você me diz o primeiro ator que lhe vier à cabeça. Combinado?

— Mande.

— Batman.

— Hmm... Val Kilmer.

— Bom!

— E o que isso prova?

— Que podemos ficar juntos.

— Por quê?

— De acordo com essa regra, você não pode sair com uma pessoa que tenha mais que dois Batmans de diferença. Para mim, o Batman é Adam West, o psicodélico de calça azul-clara dos anos setenta.

— E quais os outros? Val Kilmer...

— Michael Keaton, o de *Psicopata americano*, como se chama?

— Christian Bale.

— Esse mesmo. Se você tivesse dito Christian Bale, nosso lance não poderia rolar, excesso de Batmans de diferença. São mundos distantes, imaginários, que não coincidem em nenhum ponto. Tudo que um diz, o outro imagina que é outra coisa.

— Você acha mesmo que isso acontece?

— Não.

O cinto com os dólares me incomodava muito. Puxei-o um pouco para cima, assim não ficava enfiado na minha virilha. De que servia toda aquela grana se eu não podia ter Guerra? Eu só queria que ela se apaixonasse por mim. Ela não havia dado nenhuma pista de querer ir para o hotel comigo, portanto resolvi não insistir. Não era por esse lado que eu ia convencê-la. Precisava deixar que nosso tempo juntos crescesse. A tarde. A conversa. O álcool. Soltar, como dizem. Deixar a não intencionalidade agir. Não ser pentelho...

— Vamos ao Radisson, Guerra? A gente pede um champanhe no quarto. Se você não quiser, a gente não faz nada. Dormimos a sesta abraçadinhos.

— Lucas...

— Que foi, Magalí? Maga, a Maga é você. Não tinha me ocorrido! E você é uruguaia, como a Maga do livro do Cortázar!

— Lucas, sério. Podemos falar sério?

— Podemos.

— De um dia para o outro você me manda um e-mail dizendo que está vindo, aparece de repente, quer ir correndo para o hotel trepar, depois à tarde pega o Buquebus e volta para Buenos Aires...

— Você tem razão, sou um grosso, o problema é que não tenho tempo.

— Óbvio que você não tem tempo, não tem tempo aqui, porque seu tempo está em outro lugar, com sua mulher e seu filho. Você é de outro tempo.

Fiquei olhando para ela.

— Você me nocauteou, Guerra. Tae kwon do uruguaio, foi isso que você fez. Acabou comigo.

Ela me olhou para ver minha reação, me via absorvendo aos poucos o efeito de suas palavras.

— O tae kwon do uruguaio — falei — é com uma garrafa térmica debaixo do braço, não é? Todas as artes marciais aqui são assim: garrafa térmica e cuia numa mão e na outra defesa e ataque. Os esportes de risco também. Bungee jumping com garrafa térmica. E os cirurgiões operam com a garrafa térmica.

— Você ouviu o que eu disse?

— Ouvi... Alguma coisa sobre o tempo.

Guerra ficou séria.

— Ouvi, sim — falei—, estou fazendo piada de puro desamparo, para negar minha morte. Quero morrer fazendo meus carrascos rirem.

— Adorei o que aconteceu em Valizas, a ida a Polonio — disse Guerra. — Fiquei muito a fim de você. Mas depois a gente não se viu mais. Eu não tenho grana para viajar a Buenos Aires. E você só aparece de vez em quando. Vamos nos envolver de novo, você vai embora de novo, vamos passar meses mandando coisinhas um para o outro por e-mail, você vai aparecer no ano que vem... Estou machucada, não quero sentir ainda mais dor. E não é por ter medo de que você me machuque, é que não quero sentir dor nenhuma, não quero sentir saudade de você. Não quero sentir saudade de você.

— Você está certa — falei, olhando-a nos olhos, e ergui o copo, brindando com o fundinho de gelos do uísque. — Mais um? O último?

— Certo. O último.

Pedimos outro. Cuco roncava, estendido sobre as lajes frescas.

7

Só que o último não foi o último. Houve mais dois. O almoço ficou por minha conta e paguei um montão de dinheiro que nem fiquei sabendo direito quanto era, porque, com minha matemática ondulante, não tinha condições de calcular o câmbio naquela moeda. Cédulas com o rosto da poeta Juana de Ibarbourou. Em outra figurava o pintor Pedro Figari e, no verso, um de seus quadros de dança. Artistas nas cédulas, não políticos importantes. Será que um dia haverá uma cédula de Borges na Argentina?

Saímos caminhando com Mr. Cuco (eu o chamava assim porque comecei a ter carinho pelo cachorro). Guerra me pediu que a acompanhasse até a casa de uma amiga, onde ele iria ficar. Alguma coisa se distendeu com nossa caminhada juntos, ombro a ombro, agora sem ficar olhando um para o outro, como na mesa. Foi um alívio ir vendo o dia em dupla. Recordo que na esquina vi as costas dela com aquela camiseta curta e meio aberta atrás.

— Isto é um biquíni? — perguntei, puxando de leve o elástico horizontal de seu corpete verde-claro.

— Shhh! — ela corrigiu. — Sutiã esportivo.

Fui andando ao lado dela, segurei-a com força pela cintura.

— Foi assim que eu agarrei você aquela noite em Valizas.

— Me lembro bem. Um atrevido.

Tínhamos uma mitologia pessoal muito reduzida. Uns poucos acontecimentos juntos, que fazíamos render. Não sei em que rua entramos. Nem olhando no mapa agora consigo descobrir; deve ter sido uma paralela à *rambla*. Cantamos "Dulzura Distante", mal, esquecendo alguns trechos. Mas até que afinados os dois, sobretudo na estrofe final de "*Voló, voló mi destino, duró mi vida un instante, el cruce de los caminos y tu dulzura distante*", embora às vezes cantássemos o último verso superposto a "*el grillerío constante*". Em determinado momento enfiei a mão no bolso da jaqueta e dei com o panfleto da casa de tatuagens.

— Ui — falei. — Perfurações genitais!

Guerra olhou para o papel.

— O que é isso?

— Me deram quando passei pela 18 de Julio. Vou fazer uma perfuração genital. Assim meu pau se comunica com o seu piercing por telepatia.

Guerra começou a rir.

— Quero ver de novo.

— Ver o quê?

— Seu piercing.

— Você nunca viu.

— Hmm...

— Não, não viu.

— Bom, não vi cara a cara. Mas senti. Ficou queimando meus dedos.

O sorriso mais lindo do mundo. Um sorriso sem-vergonha, enviesado, cúmplice.

— Tem um quarto à nossa espera — eu disse. — A casa da sua amiga fica muito longe? Que tal largar esse cachorro aqui mesmo e ir para o hotel? Tiramos a focinheira dele e o soltamos, ele que siga sua própria lei e saia por aí devorando as criancinhas nas praças. Liberdade para Mr. Cuco!

Guerra tinha um ar meio heroico levando o cachorro, que puxava a guia. Uma deusa homérica com seu mastim.

— Vou tatuar Mr. Cuco no ombro. Sério.

— Você não vai tatuar nada. Você tem alguma tatuagem?

— Não. Mas estou falando sério, quero tatuar alguma coisa.

— O que, por exemplo?

— Uma flor — eu disse. — Não, melhor uma pétala rosada com um piercing.

— Que poético. Sua mulher vai adorar.

— Vai. Ou então tatuo "guerra" num dos ombros e no outro "paz".

— Sua mulher se chama Paz?

— Não.

Isso foi tudo o que falei com Guerra sobre você, Catalina. Não disse nem uma palavra mais. Havia certa lealdade em minha deslealdade. E estava muito bêbado. Tudo isso acontecia enquanto a gente atravessava muito mal a rua, em estado de graça. Por sorte os uruguaios freiam quando veem você pôr um pé na faixa zebrada. Em Buenos Aires teríamos morrido atropelados.

Paramos na frente de uma casa onde tocavam música em alto volume.

— Estão ensaiando — disse Guerra. — Vamos esperar que façam uma pausa, senão não vão nos ouvir.

— E o que a gente faz enquanto isso? — perguntei, e comecei a imprensá-la devagar contra a porta.

Ela deixou. Me esperou com os olhos. Um beijo longo, de desmaio. De novo a intimidade com ela. A distância do segredo ao ouvido. Aquela fusão de espaços num só. E pela janela da casa saía uma espécie de rock folclórico, muito distorcido, com um baixo repetitivo, insistente, e uma voz de mulher gritando: *"Yo tuve un amor, lo dejé esperando, y cuando volví, no lo conocí, no lo conocí"*. De repente pararam de tocar e continuamos abraçados, agitados pelo impulso, pelo encontrão.

— Calma aí — disse Guerra, pondo uma mão no meu peito. Disse isso para nós dois. Tocou a campainha. Uma voz ao interfone perguntou:

— Quem é?

Guerra respondeu:

— Zitarrosa. Fugi da sepultura para moer vocês a pontapés.

— Já vou abrir!

Apareceu a amiga. Uma garota minúscula. Pensei se seria a vocalista. Me cumprimentou de longe. O cachorro foi entrando como se conhecesse a casa. Guerra agradeceu à amiga e depois perguntou se teria um baseado ou algo do tipo. A amiga falou "Entra" e Guerra me disse:

— Aguenta aí um segundinho.

Fiquei lá fora sozinho na calçada. A solidão repentina foi como um espelho. Ali estava eu, enlouquecido, aos beijos em plena rua com uma menina em seus vinte anos. Imaginei meu rosto vermelho de frustração. Era outra boa oportunidade para me mandar e me desembaraçar da agenda hormonal. Dar uma de misterioso, de homem-ar, de invisível. Desmanchar-me em partículas de luz. Estar em toda parte e em lugar nenhum. Mas não. Fiquei. Sentei, rendido a meu destino sul-americano, no degrau da porta, olhando passarem motos, carros e pessoas. Guerra apareceu e disse:

— Você me acompanha, Pereyra? Preciso ir buscar uma coisa.

Não respondi, mas levantei cheio de energia, porque era óbvio que eu ia acompanhá-la. Guerra tinha deixado o mastim e agora era eu o seu cachorrinho de estimação, feliz de segui-la por toda parte.

Ela me contou que nem bem rompera com o namorado tinha ido morar naquela casa onde acabávamos de deixar Mr. Cuco. Ficou dois dias e foi embora, porque os ensaios a deixavam maluca. Era uma banda de mulheres chamada La Cita Rosa.

— Elas tocam bem, mas, se você não entra nesse som delas, fica saturado. Não aguenta.

— O som desse cover não estava assim tão bom... — comentei.

— Essa versão não — disse Guerra —, mas outras saem melhores. De todo modo, tocam com muita fúria. Para mim, elas precisam se acalmar um pouco.

— Aonde estamos indo, Guerra?

— Ao fim do arco-íris buscar um tesouro — ela disse, e puxou o baseado que a amiga tinha lhe dado.

Como sempre, tossi como um novato nas primeiras tragadas. Queimavam meus pulmões. Guerra me perguntava se eu estava bem, eu dizia que sim com a cabeça, de olhos lacrimejantes. Pouco antes haviam legalizado o consumo de maconha no Uruguai. Eu estranhava poder fumar na rua sem nenhum tipo de paranoia. Subimos até a avenida e entramos numa galeria. Ela me empurrou para uma lojinha onde vendiam revistas velhas. Achei que o uísque mais o baseado haviam deixado Guerra meio desorientada.

— Se eu não achar, elas me matam — dizia.

— Se não achar o quê?

Entrei na dela. Ela estava atrás de determinadas revistas. O dono permitia que a gente revirasse o lugar. Eram pilhas e mais pilhas de uma revista chamada *Estrellas Deportivas*.

— Veja se acha uma que tem um jogador negro na capa com a camisa do Peñarol.

— Como é a camisa do Peñarol?

— Não é possível que você não saiba. Preta e amarela. Procure nas dos anos 1960.

Procurei entre as revistas meio desfolhadas. Rostos e mais rostos de jogadores de bigodinho, penteados com brilhantina, pinta de notários com uniformes de futebol, posando com uns shortinhos muito cavados, festejando gol, chutando a bola, dando salto no ar. Entrei numa espécie de túnel do tempo. Jogadores antes do futebol profissional e do estádio, antes da publicidade e do Playstation, alguns com um pouco de barriga, um de lenço de quatro nós na cabeça. Lembravam meu avô Ángel

Pereyra em seus tempos de diplomata em Portugal. Estavam bem ali na minha frente. Quase dava para ouvir os locutores de voz anasalada narrando as partidas pelo rádio. O tempo do lado de cá do Rio da Prata era diferente, não tão cronológico e mais total, achei. No Uruguai todos os tempos convivem. O dono do lugar parecia sentado em sua cadeira desde 1967.

De repente me detive diante da foto de um sujeito meio mulato, sentado no gramado de um campo de futebol, cercado de bolas. Me lembrei do que estava procurando.

— Aqui tem um, mas não sei se é muito negro — avisei Guerra, mostrando a revista.

— O Spencer! Você é um gênio — ela disse, e me tascou um beijo. — Agora precisamos achar o Joya. Outro negro.

O Radisson estava em marcha lenta, cada vez mais distante, como um navio. Guerra me contou que na produção do filme em que estava trabalhando haviam pedido que ela encontrasse revistas em que aparecessem Joya e Spencer. O nome do filme ia ser: *Joya e Spencer*. Um era peruano, o outro equatoriano. Guerra começou a cantar "*Joya y Spencer van de la mano, entran al cielo los dos hermanos*". Dançava de leve. E eu dancei um pouco para ela, quase dançando para dentro. Mas a verdade é que nossa dancinha não era assim tão invisível. O dono nos olhava de esguelha, muito constrangido, e tossia para que a gente se lembrasse de que ele estava ali. Não achava graça em nosso remelexo intoxicado girando na tranquilidade empoeirada de sua lojinha. "*Fue fácil para los dos, el juego de la pelota, uno levantaba el centro, otro ponía las motas*". Guerra cantava balançando a bunda com uma desfaçatez antidepressiva.

— Por que não há negros em Buenos Aires? — ela quis saber quando se acalmou.

— Há negros. O que acontece é que... Há muitas teorias, Guerra, mas estou quase mijando na calça.

— Então vá mijar!

— Onde? — perguntei (eu parecia um menininho).

— Senhor, onde haveria um banheiro? — ela perguntou por cima do ombro.

— No fundo da galeria há banheiros — disse o homem, sem levantar os olhos do que estava fazendo.

Fui até bem lá no fundo, depois das últimas lojas. No caminho vi a lojinha das tatuagens por um instante, de passagem, com o rabo do olho, mas o lugar ficou vibrando na minha cabeça. Desci com cuidado por uma escada em caracol que se contorcia na escuridão. Talvez fosse porque eu estava meio frágil, mas ela me pareceu interminável. Descia como um saca-rolhas para o fundo da terra. O tal banheiro era uma catacumba. Não sei quantas coisas me passaram pela cabeça durante minha longa mijada de bêbado, com uma das mãos apoiada no azulejo. A maconha tramava teorias instantâneas que me pareciam geniais e, quando eu tentava retê-las para depois me lembrar, se desmanchavam no ar. Pensei alguma coisa sobre os negros; tive a impressão de entender tudo, era como uma clarividência intransferível. A luz, que para economizar energia tinha um timer calculado para clientes mais expeditos que eu, de repente se apagou.

Agora que fiquei como que aprisionado dentro daquela terça-feira — como no filme *Feitiço do tempo* —, tento revisá-la, estudá-la e ampliá-la na lembrança, deixo que os diferentes momentos cresçam em minha cabeça. Procuro não acrescentar nada que não tenha acontecido, mas de toda maneira, sem querer, acrescento ângulos, planos, perspectivas que deixei de ver naquele momento por que passei, como sempre passamos em nossa vida, a toda velocidade e aos tropeções. Agora, obcecado, aprendo de cor as canções que ouvi aos pedacinhos naquela tarde e procuro imagens ampliadas das cédulas com que paguei, olho-as como se tivesse que falsificá-las, vejo que no anverso da cédula de mil pesos uruguaios há uma palmeira, a Palma de Juana, que está plantada na *rambla* de Pocitos, perto da última casa onde a poeta viveu, olho o desenho da palmeira, entro na paisagem de tinta, procuro a palmeira no Google Street View, examino com uma lupa os lugares, as coisas que vi, os minutos daquelas horas, como um morto a quem permitiram recordar um único dia. E ali estava eu no escuro, despejando meu jato sonoro naquele banheiro, flutuando no alívio, sentindo que entendia tudo, embora sem dúvida fosse mais a sensação de entender que o entendimento em si. Mas não importa. Minha cabeça rodava e alguma coisa em minha teoria tinha a ver com o giro.

O primeiro lampejo tinha sido num momento em que Guerra dançava lá em cima, e em que também dancei, só que minimamente, fazendo um giro lento para a esquerda. Pensei nisso. E em como ela gostou quando dei aquele giro. Me lembrei de uma coisa que eu tinha lido em algum lugar: uns antropólogos fizeram um estudo da dança e do movimento. Mediram especificamente as reações e decisões das mulheres diante dos homens: elas tinham que escolher um deles depois de vê-los dançar. Uma das conclusões havia sido que mulheres de todas as culturas preferiam os homens que giravam sobre a perna esquerda e não sobre a perna direita. O giro para a esquerda é mais sedutor que o giro para a direita. Por que será? Como se houvesse um comportamento celular, de quando éramos do tamanho de uma bactéria, quando toda a nossa opção de movimentos era girar para um lado ou para o outro. Eu executara esse giro, fizera Guerra rir, depois quando fui ao banheiro a escada girava para a esquerda. Deslizei pela espiral, a minha espiral. A sua espiral, Cata, o DIU. Ter ou não ter outro filho. Ou filha. Pensei numa filha, acho que pela primeira vez na vida. Uma filha! Eu podia ter uma filha. Pensei numas matrioskas, uma mulher dentro de uma mulher dentro de uma mulher, pensei na cadeia de trepadas que nos trouxe até aqui, no meu caso uma série de espanhóis, espanholas, portugueses e portuguesas transando, mais alguns irlandeses e algumas irlandesas celtas do meu lado materno dizendo coisas excitantes um no ouvido do outro, por exemplo baixaria de amor, inseminando-se e devorando o coração uns dos outros. De onde vinha e para onde ia a minha espiral? O que era, nela, aquele baixo afro, aquele ritmo que Guerra deslindara tão bem em sua miniatura de candombe e que ficara ecoando em meu ouvido? O Peñarol dos negros. Aquele tambor grave que atua como fio terra entre outros tambores mais agudos, quase gutural, essa dança que dá a impressão de que a areia queima debaixo dos pés. O animal que eu era não ia mais ter filhos? Sua missão reprodutiva tinha se encerrado? Eu estava na exata metade da minha vida, a corda havia chegado até ali, aqui era a ponta, o fim do arco-íris, o máximo que dava para esticar o cabo, agora era voltar, subir a escada na outra direção, me desenrolar. Meu destino, por alguma razão, tinha sido ir até o ponto de tocar o botão frio da descarga da privada naquele porão em Montevidéu, um botão secreto que acionava algum mecanismo imperceptível da máquina e absorvia o redemoinho negro da água, o rugido de leão do banheiro do qual eu sentia tanto medo quando menino... Naquele momento eu era apenas um bêbado mijando, é verdade, e fumado ainda por cima, mas extasiado pela minha grande noite pessoal, pelas minhas estrelas que pareciam dragões no céu, cometas aprisionados num vórtice, pela rotação da Terra, pela possibilidade de ver na escuridão total através da janela de um instante o infinito espetáculo do cosmos. Sacudi as últimas gotas, fechei a calça e saí tateando, até encontrar de novo o interruptor.

Subi devagar e, meio cego pela luz fluorescente, entrei na loja das tatuagens. Um careca de barbicha me cumprimentou. Foi obrigado a interromper alguma coisa que estava fazendo no computador.

— Quanto custa fazer uma tatuagem de uma cor só aqui no ombro?

— Depende da complexidade — ele disse.

— Uma coisa simples...

— Bom... tipo mil e quinhentos pesos, por aí.

— E quanto tempo leva?

— Meia hora, uma hora. Como eu falei, depende da complexidade.

Pedi para ver símbolos com o significado de guerra. Tive a ideia de tatuar um ideograma secreto no ombro. Ele me mostrou ideogramas chineses em pastas plastificadas, mas não eram muito bonitos. Os símbolos celtas eram melhores. Havia muitos, alguns intrincados e entrelaçados como iluminuras medievais, outros mais simples. Quando vi o trisquel, pensei: é esse. As três espirais conectadas. Fazia total sentido com minhas intuições subterrâneas, como se eu tivesse subido para procurar aquela imagem específica sabendo que ela estava ali.

A tatuagem me custou mil e duzentos pesos (uma Juana de Ibarbourou e um Figari de óculos redondos e cara de bravo). Quarenta dólares mais ou menos.

— Ombro direito ou esquerdo?

— Esquerdo.

Ele imprimiu a imagem e a grudou em mim com uma tinta lavável para ver como ficava. Olhei meu ombro no espelho. Ficava bom. Ele pediu que eu tirasse a camiseta. Guerra apareceu, me procurando. Quando me viu lá dentro, começou a rir.

— Não posso deixar você um minuto sozinho, Pereyra — disse.

— Vou tatuar um coração com "Guerra" escrito dentro.

— Não! Não deixe ele fazer isso — ela disse ao tatuador. — Ele está pra lá de bêbado.

— Pensando melhor, vou tatuar *"Dulzura distante"*.

Guerra se aproximou, olhou meu ombro e viu o desenho do trisquel.

— Que lindo! — disse.

— Você achou que eu ia tatuar seu nome? Com você, eu preciso é de uma tatuagem que me ajude a te esquecer, não a me lembrar de você. Uma antitatuagem. Como seria uma tatuagem para esquecer uma mulher? — perguntei ao tatuador.

O cara sorria enquanto trabalhava, sem responder. Não doía muito, era como uma série de injeções bem pequenas e rápidas. De repente Guerra enfiou a mão no elástico do cinto com a grana, que agora, sem a camiseta, aparecia por fora da calça.

— O que é isto? — ela perguntou, esticando e largando o elástico para que ele batesse nas minhas costas.

— Shhh! — falei. — É o meu sutiã esportivo.

Tentei esconder o elástico dentro da cueca, mas o tatuador pediu que não me mexesse muito e fiquei ali, expondo meu tosco dispositivo de ocultamento monetário.

O celular vibrou. Pensei que fosse outra vez o aviso de que a bateria estava acabando, mas não. Era a sua mensagem: "Quem é Guerra?", você escreveu. Que merda. A primeira coisa que pensei foi: como é que ela sabe? Para mim, era impossível. Chapado como eu estava, achei que fosse alguma coisa tipo telepatia com a pele, como se minha pele houvesse estado em comunicação com a sua e você tivesse sentido alguma coisa que detonara o alarme. Um troço ridículo. Guerra viu minha cara.

— Tudo bem?

— Tudo.

— Está doendo muito?

— Não.

— Quanto tempo vai demorar? — ela perguntou ao tatuador.

— Vinte minutos — disse ele.

Ela foi para o corredor da galeria telefonar. Entendi que você tinha visto o e-mail de Guerra. Mas você não sabia se era homem ou mulher, porque o e-mail dela só tem as iniciais e um número, no corpo do texto eu a chamava de Guerra e ela não assinava, ou assinava apenas com sua inicial de Magalí. Eu não tinha certeza. Por via das dúvidas, respondi da forma mais neutra possível: "Do grupo que me convidou para ir a Valizas". Não disse se era homem ou mulher. Muito suspeito, mas foi o que me ocorreu na hora, enquanto ganhava tempo e pensava no que ia te dizer. Minha mensagem foi enviada e o celular apagou de vez, sem bateria.

Era uma tragédia. Você me ouviu falar Guerra no sono mais de uma vez. O que eu ia te dizer? Que estava repetindo o sobrenome de um uruguaio chamado Guerra? Que estava apaixonado por um Juan Luis Guerra ou por um Maximiliano Guerra? Como eu ia sair dessa? Podia transformar a coisa num mistério para mim também. Sabe-se lá por que eu repetia essa palavra dormindo. De todo modo também seria suspeito: sua mulher escuta você falar "guerra" no meio da noite e depois descobre que você vai encontrar uma pessoa com esse nome. Entendo que você tenha ficado intrigada. Ainda por cima, o e-mail dizia: "No mesmo lugar da outra vez". Podia ser um segundo encontro com um dos organizadores. Eu precisava inventar alguma coisa para te dizer, alguma coisa que não fosse incoerente demais.

A tatuagem começou a doer. Não a agulha, mas o paninho que o cara esfregava em mim e tornava a esfregar para tirar o excesso de tinta. Pensei no meu notebook. Dificilmente você teria hackeado o notebook. Quem sabe viu o e-mail no tablet. Lembrei que no dia anterior Maiko havia insistido para ver seus desenhinhos animados enquanto eu respondia alguma coisa no tablet e que havia aberto o YouTube ali mesmo. Vai ver eu não tinha fechado o e-mail. Era possível. Nas terças-feiras você voltava cedo. Vai ver tinha se instalado com o tablet na poltrona da sala para olhar seus favoritos no Pinterest, ou algo assim, quis dar uma olhada no seu e-mail e o meu Gmail apareceu aberto no tablet. Que idiota eu. E você outra idiota por ler minhas coisas privadas.

Guerra passava e tornava a passar, caminhando pelo corredor da galeria de telefone no ouvido. Percebi que estava tensa. Gesticulava com a outra mão. Insultava alguém. Estaria discutindo com o pai? Com o ex-namorado? Depois ficou quieta, mal falava ao celular, tinha os olhos vermelhos. Parecia escutar. Fazia que não com a cabeça. Perguntei ao tatuador se faltava muito. Ele disse que não, que só precisava preencher um pouco o que estava delineado e já acabava.

— Que transformação no barato de vocês — ele disse pouco depois. — Estavam morrendo de rir, e de repente a coisa virou um enterro.

— Não é nada — respondi. — Está tudo bem.

Quando ele terminou, me limpou e cobriu a tatuagem com um plástico quadrado e uma tela adesiva. Me aconselhou uma coisa e outra sobre os cuidados com a pele nos primeiros dias. Não prestei atenção. Vesti a camiseta, paguei e fui embora.

8

Quando saímos da galeria, Guerra me disse que estava bem, que não havia problema nenhum, que tivera uma briga por telefone com a diretora de produção. Eu não sabia se acreditava.

— E as revistas?

— Aquele velho era um ladrão. Deixei bem embaixo da pilha e depois, se me derem o dinheiro, volto para buscar. Pelo menos já sei que elas existem.

Ela quis ver como havia ficado a tatuagem. Mostrei. Nos olhamos sem saber o que dizer. Guerra estava com a cara mais triste que já vi na vida.

— Você não está bem, Guerrita. Venha, vamos.

Passei um braço nos ombros dela e saímos andando. A avenida pela qual eu havia chegado tão entusiasmado de manhã agora era outra, mais apressada, sem sol, mais cinzenta, menos simpática. Ficamos um momento sem falar. Depois Guerra disse:

— Você me faz bem — e se aninhou em mim.

Aonde estávamos indo? Entramos num quiosque e começamos a pegar coisas. Havia começado a fase da larica do baseado e o corpo pedia açúcar. Guerra foi até o fundo e voltou com uma coisa na mão.

— Agora você vai ver o que é bom, argentininho — ela disse, mostrando uns alfajores com uma garota de lenço na embalagem que se parecia um pouco com ela. Peguei balas, pirulitos e chocolate.

Fomos abrindo tudo pela rua e comendo com devoção. Guerra voltou a sorrir.

— Deviam abrir um lugar chamado Pintou Larica — eu disse.

— Grande ideia!

— O paraíso do maconheiro. Com guloseimas num bufê, para a pessoa se servir do jeito que preferir, como nas sorveterias. Potinho de doce de leite com M&M. Chocolate com jujubas...

— Pirulito com recheio de chocolate — ela sugeriu.

— Genial, ninguém inventou isso ainda.

— Mas eu poria o nome de Sugar.

Continuamos falando do projeto por várias quadras. De repente, na vitrine de uma loja de instrumentos musicais, fui hipnotizado por um uquelele. Estaquei. Era lindo, parecia uma guitarra bem pequena.

— O que você viu?

— Preciso comprar isso para o meu filho — eu disse, pensando em voz alta e apontando para o uquelele. Eu parecia paralisado.

— Então compre — disse Guerra.

Entramos. O vendedor se aproximou. Um careca de barbicha que me pareceu muito familiar. Era o tatuador.

— Foi você que fez minha tatuagem agora há pouco? — perguntei, surpreso, e disse a Guerra: — Não é o rapaz que fez minha tatuagem?

— É! — disse Guerra.

— Ali na Dermis, na galeria? — ele perguntou.

— Isso...

— É meu irmão.

— Irmão? — repetiu Guerra.

— Gêmeo.

Festejamos a coincidência. Quantas possibilidades existem de que alguém faça uma tatuagem com um sujeito e depois,

86

sem nenhuma informação, vá parar, várias quadras adiante, na loja onde o irmão gêmeo do tatuador vende instrumentos musicais? Depende da distância, do tamanho da cidade, das opções existentes, da vinculação entre os dois empregos... Quem sabe a música e as tatuagens correspondam a um mesmo universo, de modo que a coincidência não seja tão estranha... Mostrei a ele a tatuagem; tinha ficado meio esquisita, havia algumas gotinhas de sangue sob o plástico empanado. O cara estava entre contente e farto do assunto do gêmeo. Pedi para ver o uquelele e o experimentei. O som era ótimo. Vinha com um caderninho de acordes básicos e modos de afinação. Custou cento e cinquenta dólares. Saí com ele na mão, sem sacola nem caixa. Percebe-se que a grana estava me incomodando. Hotel, almoço, tatuagem, uquelele... Eu havia gastado mais de quinhentos dólares em pouquíssimo tempo.

— Aonde vamos? — perguntei a Guerra na calçada, tentando extrair algum som das cordas do uquelele.

— Vamos acabar este bagulho na Ramírez — ela disse, mostrando a metade que restava do baseado. — Você está com tempo?

— O que é a Ramírez? Uma praça?

— Não, é a praia, perto daqui.

— Deixa eu ver... Que horas são? Meu celular está sem bateria.

— Cinco — ela disse.

— Tenho um tempinho. Às seis vou encontrar um amigo.

— Você se cansou de mim, Pereyra. Não conseguiu me levar para o hotel, por isso vai embora.

— Isso mesmo. Um fiasco a uruguaia... Não, sério, tenho um encontro com um cara que foi meu professor. Enzo Arredondo.

— Ele escreve no *El País*?

— Acho que sim. Ou no *El Observador*, não lembro direito. É num suplemento, mas não sei bem de que jornal.

— Acho que conheço ele. Professor do quê?

— Ele é mais um guru que professor. Dava uma oficina muito atípica em Almagro, em Buenos Aires, nos anos 1990, frequentei o lugar durante um tempo. Você podia fazer qualquer coisa, menos escrever com suas palavras. Ele fazia você gravar trechos da rádio e depois editar, fazer trailers de filmes antigos, montar poemas com manchetes de jornal, gravar ruídos ou conversas na rua, tirar fotos de coisas bem específicas: sapatos, dorsos, nuvens, árvores, manifestações, ciclistas, moradores do seu quarteirão.

— E escrever não podia?

— Um texto com suas palavras, não. Você podia montar histórias com fotos. Fazer entrevistas pelo bairro perguntando coisas como: Alguma vez você já foi engessado? Que lugar do mundo você gostaria de conhecer? E você saía perguntando isso à coreana do supermercado, ao verdureiro, a todo mundo. Ele ensinava a olhar e escutar. Mandava você consultar uma taróloga ou ir a um templo evangélico, a convenções de ufólogos. Mandava você entrevistar as pessoas...

— Que velho bizarro.

— Ele não é tão velho. Deve ter uns setenta, por aí. Quer ir comigo para conhecê-lo?

— Não posso, tenho uma reunião da produção em Pocitos mais tarde.

— Onde o seu pai mora, Guerra?

— Lá perto.

— Em Pocitos?

— É.

— Você é uma patricinha de Pocitos?

— O quê?! Pare com isso, não sou patricinha coisa nenhuma.

— Você dá uma de periférica popularesca, de transcultural...

— Classe média, como dizia minha mãe, "com pretensões". O único mauricinho aqui é você.

— Mas eu me assumo. Quando você tiver quarenta e cinco anos, vai ver a burguesinha em que se transformou. Já estou até vendo.

— Pode ser, pode ser — ela falou meio ofendida, e acendeu o baseado.

Dessa vez não tossi. Numa mão segurava o uquelele e o alfajor, na outra o baseado.

— Este alfajor é a glória.

— Viu só? *Salgado*. Das Serras de Minas, é o nome.

— Mas não é salgado, é doce...

— Não é isso, é que aqui dizemos *salgado* quando uma coisa é incrível...

— Estou só tirando um sarro de você.

— Bom, pelo jeito engolimos um palhaço — disse Guerra com voz de professora aviltada.

Tivemos um ataque de riso. Ela contou que uma professora do ginásio dizia essa frase quando um aluno fazia alguma besteira.

Eu estava feliz com Guerra, não queria que a tarde terminasse. A jaqueta com a mochila por cima me deu calor.

— Onde fica a praia? Em Valizas, mocinha? Não estou mais aguentando.

— É só entrar aqui, pela Acevedo, descer, e chegamos.

— Que bairro é este?

— Cordón.

Passamos ao lado de um edifício antigo e viramos. Agora me dou conta de que era a Universidade de la República, ou seja, por um momento andamos dentro da cédula de quinhentos pesos, no lugar onde o edifício aparece em tinta azul. As árvores ficaram imensas. Eram plátanos gigantes. Senti o espaço aéreo da quadra, era como uma catedral cintilando no alto. Descemos na direção da *rambla*. Ao fundo dava para ver a praia. Olhei bem a placa da rua e me lembrei.

— É aqui que se passa uma cena incrível do Onetti. Acho que é aqui. O cara faz sua mulher andar com um vestido branco. Ele a faz se levantar da cama, vir até aqui e descer por esta rua, enquanto ele fica olhando lá da *rambla*.

Guerra me olhava com ar intrigado. Continuei:

— Quando ela era jovem, um dia ele a viu andar na direção dele e a descreveu assim, toda linda de vestido ao vento. E anos depois a obriga a levantar da cama e vir a este mesmo lugar para caminhar da mesma maneira várias vezes, como se quisesse reencontrar a juventude dela. Mas ela já não existe, agora a mulher tem uma expressão amarga, não é mais uma jovem. "Não havia nada a fazer e voltamos", conclui o parágrafo. Um filho da puta. Ela não é mais a Caro, agora é a Carolina.

— A Ceci — corrigiu Guerra. — Cecilia Huerta de Linacero.

— Ah, você me fez falar à toa. Você gosta do Onetti?

— Gosto principalmente de *O poço*.

— Eu não via você como leitora do Onetti. Você é uma caixinha de surpresas.

— Viu só? Acho que você me subestima um pouco, Pereyra.

— Pode ser que você tenha razão. Mas ainda estou te conhecendo. Pense bem, não nos vimos tantas vezes. Hoje, quando você apareceu, quase levei um susto. Depois de tanto me lembrar de você, era como se eu a tivesse inventado dentro de mim.

— Me achou feia?

— Não, ao contrário, superlinda e sexy, mas com uma espécie de defasagem em relação à minha lembrança. Real demais, e fora da minha manipulação. Todos esses meses em que eu tinha você na cabeça era só rebobinar, pôr em *fast forward*, pausar... Abria e fechava os e-mails que você mandava. É que as lembranças a gente passa de novo, vive de novo... E hoje, quando você chegou, foi uma espécie de superposição à lembrança que eu tinha de você: você afastou minha lembrança com uma cotovelada.

— Meio horrível isso.

— Não, não, fascinante. Sério. O uísque, depois, juntou tudo. Você virou uma só outra vez. Era questão de te escutar, de olhar você. Por isso digo que estou te conhecendo. Gosto disso.

— De quê?

— De te conhecer.

— Você é um enrolador, Pereyra. Um tremendo de um enrolador. Esse seu cérebro faz muitas piruetas.

De repente senti todo o vento do mar. Vi longe.

— Por que chamam isso de rio, se é mar?

— É uma mistura — disse ela. — Consta que o mar começa em Punta del Este. Mas aqui há dias em que a água está mais verde, mais azul por causa da água salgada, e há dias em que a água é meio marrom, e aí é mais rio.

Antes de descer para a praia, nos apoiamos na mureta. Por trás da arrebentação havia uns sujeitos fazendo kitesurf com velas coloridas que oscilavam e flutuavam como parapentes.

— Guerra, vou te dizer uma coisa.

— O quê?

— Não quero ser seu amigo gay.

Olhei para ela.

— Não ria, sua pentelha, é sério. Não quero ser o bom amigo em quem você se esfrega sem risco. O conselheiro compassivo, a orelhinha que te escuta. Gosto de fazer bem para você, mas não quero apenas isso. Não sou um bichinho de pelúcia.

— Seu bobo, você está maluco. Primeiro, meus amigos bichas são os piores conselheiros do mundo. Por eles, eu passaria o dia inteiro trepando com sete caras ao mesmo tempo. Eles não têm o mínimo interesse pelas minhas bobagens. E segundo... segundo... Não me lembro mais o que era o segundo, porque esse baseadinho é muito forte.

Dei um beijo nela e enquanto nos beijávamos ela passou a mão pela minha nuca e senti uma espécie de choque elétrico ao longo das costas. Aquilo me reformatou. Esqueci até meu nome. Nos abraçamos e quando abri os olhos vi uma coisa estranha no céu. Primeiro pensei que fosse um dos parapentes, mas era maior.

— Olhe aquilo!

Era uma espécie de losango enorme que parecia vibrar, ou cintilar, longe da superfície, mar adentro.

— O que é aquilo?

— O garçom do boteco onde a gente almoçou disse que ontem tinham visto um negócio assim. Pensei que ele estivesse me gozando.

— O que é aquilo, Lucas! Que medo! O que pode ser?

A coisa era mais escura no centro e mais rosada nas bordas, que pareciam ondular. Lembrava um pouco uma borboleta. De repente, não estava mais lá. Procuramos ao longo do horizonte, mas o objeto não apareceu mais. Não conseguíamos acreditar no que tínhamos visto.

— Será que não foi coisa da nossa cabeça? — disse Guerra.

Passou um homem caminhando rápido, fazendo jogging, e perguntei a ele:

— O senhor por acaso viu uma luz rosa, uma espécie de losango lá no céu?

O homem parou e tive de repetir a pergunta, porque ele estava com fones de ouvido.

— Vi, sim. Acho que deve ser algum fenômeno meteorológico. Ou então alguma experiência dos americanos. De vez em quando eles aparecem com navios da Marinha fazendo coisas estranhas — disse, voltando a seu exercício.

Descemos para a praia e andamos sem tênis pela margem. Segundo Guerra, provavelmente o que tínhamos visto era uma espécie de campo de força ou um portal que se abre e fecha.

— E quem o gera? Para que serve?

— Ele se gera sozinho. É energia.

— Mas o que é que passa através desse portal?

— Sei lá! Não faço ideia.

— Sabe o que aquilo parecia? Você vai dizer que eu sou um doente...

— E é...!

— Uma buceta! — falei.

— É mesmo! Uma buceta perfeita! — gritou Guerra.

— A buceta de Deus — gritei.

Caímos na areia. Éramos duas baganinhas rolando pelo mundo. Por um assombroso mundo incompreensível. Não havia quase gente na praia. De vez em quando alguém com um cachorro. Algum menininho ao longe cavando um buraco. Ventava e senti frio. Fomos nos sentar encostados no paredão.

Ali ao abrigo estávamos bem. Guerra chupava um pirulito. Tentei tirar de ouvido no uquelele "Zamba por Vos", que as garotas do La Cita Rosa haviam detonado, mas eu não sabia os acordes e meus conhecimentos de guitarra me confundiam mais que ajudavam. Hoje em dia toco sem errar, com ponteios, e toda vez que canto essa música estou ali, sentado ao lado de Guerra, impressionando-a com minha versão: "*Yo no canto por vos: te canta la zamba*".

Minhas tentativas não estavam dando muito certo. Fiquei mais interessado em Guerra concentrada em seu pirulito. Tirei o meu do bolso. O dela era roxo, o meu vermelho. Desses de bolinha. E começamos: o seu é de uva? Posso experimentar? E o seu, posso experimentar? Trocamos pirulitos. E um beijo com gosto de morango, um beijo com gosto de uva. Mais beijos, muitos beijos doces, amparados pelo muro que formava um ângulo contra uma das escadas de pedra. Caímos de costas na areia. Você vai me matar, Guerrita. Nós dois, sempre na areia. E escrevo assim porque não eram diálogos organizados, um depois do outro, mas palavras ao ouvido, sem espaços no meio. Um único hálito sussurrado. Ela tocou meu pau por cima da calça. Abriu minha braguilha. Enfiou a mão, segurou meu pau. Epa, está na cara que você não é um bichinho de pelúcia, Pereyra, nunca tive um bichinho de pelúcia com um negócio desses. Nos cobrimos um pouco com minha jaqueta, mas não estávamos mais preocupados com nada. Estávamos em outra. Eu beijava seu pescoço, apertava seus peitos por baixo da camiseta e do famoso sutiã. Guerra, vamos para o Brasil. Hoje à noite, de ônibus. Por uma semana. Ela não dizia nada, continuava batendo punheta pra mim. Amanhã ao meio-dia podemos estar no Brasil, só nós dois. Eu convido. Shhh, ela disse. Vamos juntos. Ela não respondia. Senti o rosto molhado. Ela derramava algumas lágrimas. Fazia que não de leve com a cabeça. Abriu minha calça. Quero te comer muito, linda, quero estar dentro de você. Não quero parar de repetir seu nome. Às vezes digo seu nome dormindo. Guerra chorava em silêncio. Me olhava nos olhos. Me apertava com força, abria a boca e ofegava. Vamos hoje para o Brasil. Senti quando ela teve uma espécie de espasmo de choro, sem parar de me masturbar. Confessou no meu ouvido: eu também estou grávida, Lucas. Olhei para ela. Confirmou com a cabeça. Estou no segundo mês, ainda não sei se vou ter. Abracei-a. É recomendável evitar banhos na ausência do salva-vidas, dizia uma tabuleta gasta presa à parede. Recalculando. Ninguém é somente uma pessoa, cada um é um nó de pessoas, e o nó de Guerra era dos complicados. Quero que você me dê todo esse leite. Os semáforos do meu cérebro titilavam no amarelo. Eu não estava entendendo nada, mas continuava duro. Não sabia o que dizer. Guerra aproximou a cabeça do meu pau. Me olhou. Todinho, disse. Espichou a língua e passou a ponta pela cabeça do meu pau. Então escutei os passos e senti o pontapé nas costelas.

9

Eu estava de costas para o mar, e foi dali que os dois indivíduos vieram. Tive a impressão de que eram dois. Fique quieto e não grite. De todo jeito eu não podia gritar, porque um deles afundou meu rosto na areia, não sei se com o joelho ou com o pé, mas pisou na minha nuca. E senti que apertava minhas costas com todo o peso do corpo. Foi muito rápido. O que mais me apavorou foi estar com o pau de fora e a calça aberta. O pudor era mais forte que o medo de morrer. Guerra dizia: "Não, não, não!". Quando percebi que eles a haviam empurrado, tentei me levantar, e me chutaram de novo, dessa vez na barriga. Fiquei preso à dor que senti. De repente, só existia aquele horror. Houve uma pausa de silêncio. Aí saíram correndo. Fiquei sem ar. Quando por fim respirei, tinha areia na boca e quase sufoquei. Cuspi e engoli areia. Guerra me perguntava se eu estava bem. Eu não conseguia responder. Fui respirando pouco a pouco. Abri os olhos. Ela estava bem. Pus a mão nas costas, onde havia levado o primeiro pontapé. Doía. Toquei a barriga. Não estava mais com o cinto de dinheiro. Nem com a mochila.

— Por onde eles foram? — perguntei a Guerra enquanto fechava a calça.

— Por ali, pela escada — ela disse. — Mas venha, Lucas, fique aqui.

Subi a escada. Guerra atrás de mim. Comecei a correr em qualquer direção, dava no mesmo. Atravessei sem olhar e um carro quase me atropela. O motorista enfiou o pé no freio e acabei sentado em cima do capô. Continuei correndo. Guerra, em pé na *rambla*, gritava.

— Lucas, volte pra cá!

Mas Lucas acabava de ser roubado em quinze mil dólares, em duzentos e vinte e cinco mil pesos argentinos, em quatrocentos e cinquenta mil pesos uruguaios. O maior idiota de toda a América. Eu não podia não correr um pouco. Pelo menos para fugir da nuvem negra que se aproximava de mim, minha tempestade perfeita, minha máfia pessoal que acabava de ganhar a batalha, e eu corria pela calçada do outro lado da *rambla* gritando filhos da puta, filhos da puta. As pessoas me olhavam.

De repente, nessas situações, você é o louco, o descontrolado. Parei, olhando para todos os lados. Os automóveis passavam, indiferentes a meu microdrama pessoal, a meu desespero. Atravessei diversas vezes sem saber para onde ir, fiquei parado na ilha entre as pistas, perdido, ofegante e furioso como o incrível Hulk no meio de uma avenida. Por alguns instantes pensava que não podia ser verdade e me certificava, passando a mão na virilha, da ausência da grana que tinha estado ali três minutos antes. Não pode ser, não pode ser, falei em todos os tons possíveis, desde a súplica chorosa até o grito de fúria ininteligível. Voltei correndo para onde Guerra estava, em pé, com o uquelele na mão.

— Lucas, calma, vão atropelar você. Quase atropelaram. Se acalme, por favor.

— Você está bem? Não bateram em você?

— Não — disse Guerra. — Me empurraram para trás quando eu quis levantar, mas não me machucaram.

— Eram dois caras?

— Sim.

— Como eles eram?

— Sei lá, dois caras. Não olhei muito para eles, fiquei com medo. Estavam de abrigo de ginástica. Tenho a impressão de que fugiram de moto, porque ouvi uma moto arrancar quando eles subiram. Levaram muito dinheiro?

Confirmei com a cabeça. Me deu muita vergonha. Uma vergonha infinita. E uma raiva sem fim. Peguei o uquelele. Levantei o braço para arrebentá-lo contra a mureta da *rambla* e Guerra segurou meu punho com força, na ponta dos pés.

— Não quebre — disse, sem me soltar.

Sábias palavras. Não só porque era o presente de Maiko ou porque depois, nos meses que se seguiram, aquele instrumento mínimo praticamente salvaria minha vida, mas sobretudo porque quebrá-lo ali na *rambla* teria sido uma forma de sublinhar minha idiotice com um ato ridículo. A imagem de arrebentar um uquelele contra uma coluna, como um Jimmy Hendrix anão... A escala era ridícula, um minigaúcho Fierro arrebentando seu violãozinho, e teria sido necessário alterar um pouco esta estrofe do poema: *"En este punto el cantor/ buscó un porrón pa' consuelo,/ le echó un trago como un cielo/ dando fin a lo que duele/ y de un golpe al ukelele/ lo hizo astillas contra el suelo".*

Fiquei com o que tinha no corpo; um uquelele na mão e um pouco de dinheiro uruguaio no bolso. Junto com a mochila, haviam levado meu celular, as chaves de casa, as chaves do carro, a carteira com os cartões... O passaporte tinha se salvado porque, assim que me entregaram o dinheiro no banco, eu o guardara no bolso interno da jaqueta. Agarrei a cabeça com as mãos e caminhei. O susto e a adrenalina haviam apagado de meu sangue o estado flutuante do álcool e do baseado. Estava sóbrio e com uma espécie de microfonia que me ensurdecia. Guerra me dizia coisas, me tranquilizava. Eu não conseguia ouvir. Tentava encontrar alguma solução, mas não havia remédio. Os dois sujeitos da moto já deviam estar em algum lugar bem longe de Montevidéu contando meu dinheiro. De qualquer forma, enfiei na cabeça que precisava fazer uma denúncia e perguntei a Guerra onde havia uma delegacia. De repente eu parecia um turista alemão; não conseguia nem interagir com as pessoas. Guerra indagou onde ficava a delegacia e me mostrou o caminho, contornando o parque Rodó, até entrarmos na rua Salterain.

O que um momento antes tanto me preocupava, sua pergunta sobre quem era Guerra, a história que eu ia ser obrigado a inventar, os outros e-mails que talvez você tivesse visto e que eu não tinha certeza de haver apagado — tudo isso tinha ficado em segundo plano. Agora o grave é que não havia mais dinheiro. Como te explicar que eu estava voltando sem os dólares? O que eu ia inventar para justificar tamanha burrice? Como eu me deixara roubar com tanta facilidade? Por que eu me pusera numa situação assim vulnerável? Guerra me olhava de vez em quando.

— Fiz você passar por um momento de merda, Guerrita. Me perdoe. Nunca imaginei que fosse acontecer uma coisa dessas.

— Não se preocupe comigo.

— A gente estava em outro planeta, não é mesmo?

— É — disse ela. — Um planeta muito lindo.

— E você grávida — lembrei. — Tem certeza de que eles não bateram em você?

— Certeza. Os pontapés que eles te deram estão doendo? — ela perguntou. — Não entendo como você está conseguindo andar.

— Estou com dor aqui do lado.

Guerra ergueu minha camiseta, a pele estava vermelha, mas nada a ver com o aspecto que o hematoma foi adquirindo depois, uma espécie de nuvem roxa, azul e no fim meio esverdeada. Na barriga tinha ficado o vergão da correia do cinto de dinheiro, quando o arrancaram.

— Seria bom irmos a um hospital para dar uma olhada nesse chute que você levou.

— Estou bem — falei.

— O que você vai fazer?

— Sobre o quê?

— À noite, Lucas. O que você vai fazer? Vai voltar?

— Vou, imagino que sim. Estou com o passaporte. Voltar eu posso.

— Quer dinheiro emprestado para tomar um táxi?

— Não precisa. Tenho algum no bolso.

Quando chegamos à esquina da delegacia, Guerra me perguntou se eu poderia fazer a denúncia sozinho porque ela precisava ir para sua reunião de trabalho.

— Vou ficar bem, pode ir.

— Qualquer coisa entre num cibercafé e me mande um e-mail ou então compre um cartão de telefone. Em seguida te mando por e-mail o número do meu telefone e o da casa do meu pai. Se quiser dormir lá em casa, sem problema.

— Obrigado.

Nos abraçamos, trocamos um selinho instantâneo como um ricochete de rostos e a vi afastar-se. Olhou para trás e me jogou um beijo. A ladra mais linda do mundo. Foi o que me ocorreu quando fui em frente e tive a impressão de que talvez ela não tivesse querido entrar na delegacia comigo. Seria possível? Andei mais um pouco. Seria mesmo possível? Teria sido um plano dela? Me virei, olhei por cima do ombro: Guerra não estava mais à vista.

Na viagem anterior, eu tinha lhe contado que ia buscar dinheiro. Ela sabia. Você conseguiu tomar suas providências?, ela me perguntara naquela tarde pouco depois de nos encontrarmos. Mais tarde ela viu o cinto enquanto eu fazia a tatuagem, discutiu com alguém ao telefone, me levou até a praia, abriu minha calça... Enquanto eu dava alguns passos pela rua, mil imagens se conectaram em minha cabeça. O cara que me roubou seria o namorado? Ela estava encenando? Tudo? Desde o meio-dia? O choro na praia era por causa da traição comigo?

Pensei naquela pausa mínima, naquele silêncio quando levei o segundo chute. Guerra teria feito um sinal para que fossem embora? Um sinal do tipo "já chega, não batam mais nele"? Guerra comandava tudo? Era a chefa daqueles dois sujeitos? Imaginei-a interrompendo-os com um gesto quase imperceptível, depois dizendo-lhes que se mandassem com um mero movimento de olhos. A chefa.

— Posso ajudá-lo? — perguntou o policial da porta.

Olhei para ele.

— Nada, obrigado — respondi, e continuei andando.

10

Fiquei parado numa esquina sem saber para onde ir. Poucas vezes me senti tão perdido. Sabia onde estava, mas não sabia aonde ir. O futuro imediato era uma confusão. Podia ir para o Radisson e me jogar pela janela do vigésimo andar, embora talvez fosse uma dessas janelas lacradas antissuicidas e antifumantes. Outra possibilidade era dormir lá até decidir o que fazer. Podia ir embora naquela noite para o Brasil com o dinheiro que tinha no bolso, fugir de tudo, de você, do meu filho, da minha casa, da minha cretinice inexplicável, e viver meu romance em vez de me dedicar a escrevê-lo. Começar outra vida por lá, trabalhar... Mas que merda eu ia fazer no Brasil? Estava num momento "escolha sua própria aventura" e todas que apareciam em minha cabeça terminavam mal. Também não entendia meu passado recente, porque não sabia o quê, exatamente, tinha acontecido comigo. A possibilidade de que Guerra tivesse me entregado me provocava uma incerteza retrospectiva e total. Eu estava perdido no tempo. Só conseguia pisar no meu presente, na minha sombra, ficar ali quieto. O resto era vertigem.

Não sei por quanto tempo fiquei ali parado, quieto. Então apareceu um sujeito esfarrapado, com sua cabeleira primitiva, sua boca em ruínas, com sacolas. Só o vi quando parou na minha frente e disse:

— Toque uma aí para os meninos.

— Não sei tocar isto — eu disse, olhando para o uquelele.
— Acabei de comprar.

— Ah, mas você precisa aprender. Assim todo mundo pode dançar — disse o cara, e deu uns passinhos de dança com a calça quase caindo.

Atravessei a rua, andei pela calçada altivo como um cervo. O mero movimento foi me tirando do autismo. Você precisa aprender. Isso era verdade. Me lembrei de Enzo e fui para a casa dele.

Era na Fernández Crespo, quase numa esquina. Mais perto do que eu me lembrava. Encontrei o edifício, mas não sabia o andar. Achei que era no quarto, mas não tinha certeza. Olhei para cima. Da calçada, gritei:

— Enzo! Enzo!

Apareceu uma mulher.

— É o Lucas! — falei.

Pouco depois, na mesma janela, Enzo surgiu sem camisa e, fazendo aquela saudação que Perón costumava fazer da sacada, levantando os dois braços acima da cabeça com as mãos abertas, como se estivesse dando uma ideia do tamanho enorme do peixe que um dia havia pescado, gritou para mim:

— Holandês! Já desço!

Apareceu de camisa solta, calça larga e sandália. Baixinho, de passo firme, mais careca que antes, orelhas murchando, um ar entre relaxado e perigoso, como um Yoda de província. Abriu a porta e nos cumprimentamos. Quando chegamos a seu apartamento, lá em cima, eu já havia lhe contado tudo.

Uma mulher de uns quarenta anos, de olhos claros, abriu a porta para nós. Eu não a conhecia.

— Ele foi roubado — Enzo anunciou.

— Roubaram você? — ela perguntou, alarmada.

Tive de contar tudo de novo. Com mais detalhes, entre oferecimentos de café, explicações sobre o uquelele, a possibilidade de dar um telefonema para Buenos Aires. Eu poderia ter ligado para você pelo fixo, Cata, mas ainda não sabia o que dizer. Enzo me serviu café num copo de vidro. Pus açúcar. Aquela mulher era a filha de Enzo, uma aluna ou sua nova companheira?

— Que estranho, porque não roubam assim na Ramírez — disse ela.

— Ele foi seguido! — disse Enzo, e olhou para mim. — Você foi marcado. Esperaram você ir para um lugar com pouca gente.

— A tarde inteira me seguindo? Quando saí do banco, desci a rua que fica atrás do teatro Solís, e não havia ninguém; no bar Santa Catalina passei um bom tempo sentado sem ninguém por perto... Era só me roubarem lá.

— São profissionais — disse Enzo. — Ninguém pode com esses caras.

— Não imaginei que depois de tantas horas alguém pudesse estar me seguindo.

— Agora me diga... O que você estava fazendo sozinho na praia com toda aquela grana? Que ideia maluca! — censurou Enzo.

Não falei nada sobre Guerra. Para protegê-la, para me proteger. A partir daquele momento, eu havia estado na praia sozinho, ficado sentado na areia, olhando as pessoas saltarem e voarem nas ondas com o kitesurf. Podia apagar Guerra do filme todo. Eu almoçando sozinho no bar, eu sozinho na rua, sozinho na galeria, sozinho na casa de instrumentos musicais... Vai ver que o tatuador tinha me entregado, pois também me viu com o cinto da grana, ou talvez o irmão dele, porque eu tinha pago o uquelele com dólares. Podia ter sido até o recepcionista do Radisson ou alguém que estava no banco. Podia ter sido inclusive um roubo aleatório. Quem sabe na hora que eu fiquei ali jogado na areia minha camiseta levantou um pouco e a correia do cinto apareceu? Ou, no caso de ter sido o namorado de Guerra, era possível que ele a tivesse seguido, ficado puto com ela e se vingado batendo em mim e levando tudo o que eu tinha. Podia ter visto os e-mails dela e sabido de mim. Por que não?

Fiquei calado na frente do meu café. Comecei a responder tudo com monossílabos.

— Quer descansar um pouco?

— Não.

— Quer se lavar um pouco? Você está com areia no rosto.

Fui ao banheiro. De fato estava com areia no rosto, no cabelo. Pinta de acidentado, derrubado por uma circunstância áspera do destino. Tentei me virar na torneira da pia mesmo, mas não consegui e enchi tudo de areia. Entreabri a porta e falei:

— Enzo, vou tomar um banho rápido.

— Claro, sem problema — ele disse. — A toalha azul está limpa.

Tirei a roupa e me enfiei debaixo do jorro de água fria que foi esquentando aos poucos. Pensei em Guerra, na hora em que ela me abraçou e disse que eu fazia bem a ela, e em como eu a havia aninhado no corpo enquanto andávamos. A água agora estava quente. Soltava vapor. De repente me surpreendi chorando como havia muito tempo não chorava. Apoiado nos azulejos, procurando abafar os soluços, mordendo o braço. Você chorou sentada na bancada da cozinha, Maiko chora todos os dias, a mulher rígida a quem o evangelista do ônibus ajudara a perdoar chorou, e Guerra e a amiga traidora dela choraram. Todos nós choramos. Com lágrimas que vão dar no mar, que é o morrer, diria Manrique. Eu não choro nunca, muito menos por tristeza. O amor me faz chorar, o afeto. Chorei porque pensei em Guerra e entendi que nunca mais ia vê-la, me fechei à ideia de que o afeto dela não tivesse sido verdadeiro, e senti seu amor também, Catalina, além de toda dúvida, e o amor do meu filho, me abraçando pendurado em meu pescoço quando não quer que eu vá embora. E a hospitalidade de Enzo e sua toalha azul. Quando alguém te dá um chute, você fica alerta como se não existisse ninguém do seu lado, e, quando de repente alguém te trata bem, você baixa a guarda e se desarma. O afeto derruba você.

Eu precisava voltar a Buenos Aires. Entendi isso.

Me sequei e me vesti. Sentia o peito aliviado pelo choro, mas percebi que quando eu respirava as costelas do lado esquerdo doíam.

— O banheiro virou um areal.

— Sem problema — disse Enzo. — Senta. Clarita, tem bolo de laranja na despensa.

— Vou buscar — disse ela, levantando-se.

Clara era uma mulher bonita, da minha idade. Tinha um jeito relaxado, um pouco despenteada e com uma paz na voz... parecia flutuar nas endorfinas de um orgasmo recente. Será que eu havia interrompido alguma coisa ao gritar da calçada? Enzo também estava assim, mas ele sempre estava assim. Filha não era. Com certeza.

Quando ficamos sozinhos, ele me perguntou.

— Quanta grana eles levaram?

— Quinze mil dólares.

— Puta merda.

— Era o dinheiro de dois livros, um de crônicas, para a Milenio, e um romance para a Astillero.

— Os espanhóis?

— É. Preciso entregar os livros em maio. Com os dólares eu me livraria de mais ou menos nove meses de trampo. E pagaria as dívidas. Estou devendo pra todo mundo. Não sei o que fazer.

— Você já começou o romance?

— Não. Ia escrever a partir de agora.

Clara voltou com o bolo. Enzo ficou pensando, depois disse:

— É preciso tomar cuidado com Montevidéu. Ela pode matar você na hora, cara. De vez em quando acaba com alguém. Veja o Fogwill.

— O Fogwill morreu em Buenos Aires.

— É, mas poucos dias depois de vir para cá, onde passou frio. E veja o cara da revista *Orsai*, como é mesmo o nome dele?

— Casciari.

— Esse mesmo. Teve um infarto aqui em Montevidéu, quase pifou. Aqui há uma espécie de Triângulo das Bermudas, não é fácil. Como que um lado B do Rio da Prata, o outro lado, é uma coisa que rói, que liquida a pessoa. Se você não souber levar, isso te mata. É preciso ter cuidado com o Uruguai, principalmente quem chega pensando que o país é uma espécie de província argentina só que boa, sem corrupção, sem peronismo, um lugar onde qualquer um pode fumar maconha na rua, o paisinho onde todos são bons e amáveis, essa idiotice toda. Você se descuida e o Uruguai fode com você.

— Enzo! — disse Clara.

— É assim mesmo, querida, é assim. Lembre do *maracanazo* que os brasileiros levaram.

Clara foi para a cozinha.

— Os charruas são bravos — disse Enzo baixinho para que ela não ouvisse.

Me mostrou uma marca roxa no ombro, pareciam marcas de dentes.

— Ela é uma mordedora...

Contando nos dedos, Enzo enumerou:

— Os jogadores de rúgbi que comeram os amigos naquele acidente nos Andes, os índios que comeram Solís, o tubarão Suárez mordendo o italiano, essa aí... — disse, apontando para a cozinha. — Não é por acaso. São bravos. Você também foi mordido.

Fiquei em silêncio, comendo o bolo.

— E te fizeram um favor, holandês. Aquela grana estava envenenada, por isso você deixou que te roubassem com tanta facilidade. Você não sentia aquela grana como sua.

— Não venha me analisar.

— Não estou analisando ninguém, mas pense na coisa como sendo uma libertação. Você ia ter de escrever um catatau de mil páginas como se estivesse pagando uma dívida. Assim é impossível escrever.

— Não era uma dívida, era tempo, a grana significava tempo para eu escrever sem precisar pegar nenhum outro trampo de merda.

— Eu não ia ler a porcaria que você teria escrito com aquela grana durante todos esses meses. Onde já se viu alguém pagar por livros que a pessoa ainda não escreveu?

Olhou para mim e continuou:

— E juro que não é inveja, ou talvez só um pouquinho, mas primeiro é preciso escrever os livros para depois ver quanto eles valem. Como dizia Girondo, livros são lapidados como diamantes e vendidos como salsichas. Os seus foram pagos como diamantes, e você ia jogar uma salsicha na cabeça deles.

— Como é que eu vou escrever com meu filho pendurado no meu saco, lendo para dez mil alunos ao mesmo tempo, dando aulas…? Que merda eu vou escrever desse jeito?

— Escreva sobre isso.

— Sobre o quê?

— Sobre isso mesmo, sobre o que você está me dizendo, sobre o que está acontecendo agora neste lugar.

Me levantei e olhei pela janela aberta. Dava para ver até bem longe, os telhados, as antenas, as luzes das casas começando a brilhar. Estava escurecendo. Olhei as estantes transbordantes de livros. Os livros dele estavam como os meus agora, em fila dupla nas estantes.

— Você vai voltar para a poesia, holandês. Ainda está muito invocado para entender isso. Primeiro a raiva precisa passar.

— Mas como eu vou fazer? Só sobraram quinhentos dólares, que troquei por pesos uruguaios, e já gastei uma parte em uísque. Eu tinha dívidas para pagar. Minha mulher, jardim de infância, celular, mil coisas. Neste momento ela está esperando eu chegar com a grana para tapar todos os buracos.

— Quantos pesos uruguaios você ainda tem?

— Não sei. Cinco mil, por aí.

— Sei que não é a melhor hora, mas você me emprestaria três mil para eu te devolver daqui a quinze dias, quando eu for a Buenos Aires?

Olhei sério para ele e ele me olhou sorrindo. Comecei a ter um ataque de riso. Enzo também ria. Depois disse:

— Devolvo em quinze dias, com juros. Recebo minha aposentadoria na semana que vem.

Entreguei-lhe as notas e ele me disse:

O mundo não é para sujeitos como você e eu. Isso de andar com várias mulheres, ganhar um monte de dinheiro, cair na farra, ter automóveis caros. Não dá certo conosco. Você não pode porque no fundo não quer. Prefere ser melancólico, como eu. Se incomoda com a mais-valia.

— Chega de sermão para o meu lado.

— Certo. Guardarei silêncio. — Ele me viu ali em pé. — O que você vai fazer?

— Vou para o porto.

— Tem dinheiro para o táxi?

— Acho que tenho. Se não me aparecer mais ninguém cobrando pedágio...

— Te devolvo em Buenos Aires, comemos uma pizza no Pin Pun. Eu convido. Agora volte, durma, conte a sua mulher o que aconteceu...

— E você, por via das dúvidas, por favor não conte nada a ninguém.

— Fique tranquilo. Em Buenos Aires a gente fala da revista. Vai ser um fracasso garantido.

Me despedi de Clara. Enzo me acompanhou até embaixo. Nos despedimos, ele disse:

— Não se atormente.

Foi meio ridículo, porque eu havia esquecido o uquelele e comecei a bater no vidro, ele abriu, voltamos a subir e a descer, só que então sem dizer uma palavra. A despedida tinha ficado gasta. Quando Enzo abriu a porta da rua para mim, dei uns tapinhas nas costas dele e falei:

— Sorte aí com a mordedora.

II

Fui um dos últimos a embarcar no ferry. Era um novo, reluzente, batizado com o nome *Francisco*, sem dúvida em homenagem ao papa, com tapetes tão impecáveis que antes de embarcar a pessoa era obrigada a calçar protetores de sapatos de gaze, como esses de hospital, para não sujá-los. Turistas chilenos, médicos uruguaios, velhotes argentinos lentíssimos e de alta linhagem, senhoras de perfume estridente, famílias, todos com aqueles sapatinhos azul-claros, parecendo Smurfs.

No fundo havia uma fileira de quatro assentos vazia. Acomodei-me ali, tinha necessidade de ficar quieto. As costas doíam muito. Se eu estivesse com a minha mochila, teria tomado um paracetamol da cartela que sempre deixava no bolsinho da frente. O que aqueles ladrões teriam feito com as minhas coisas? Eu ia ter de cancelar o Visa, fazer de novo o documento, outro carnê da operadora de celular, outro cartão da Sube, o registro… Fechei a jaqueta, porque o ar-condicionado estava no limite para mim. Enfiei as mãos nos bolsos, havia areia, e encontrei uma das balas que havia comprado à tarde. Abri, comecei a mastigar, era de doce de leite. *Dulzura distante.* Olhei a embalagem: estava escrito "Zabala" e tinha impresso o rosto de um homem antigo, do século XVIII, com peruca longa de cachos e bigode enrolado. Era ninguém mais, ninguém menos que o fundador de Montevidéu, me informa a Wikipedia. Bruno Mauricio de Zabala. Caramelos com o sobrenome materno de Guerra. Guerra Zabala, Guerras a bala.

Como contar tudo isso a você? Qual seria a minha versão? Como ela era vista da sua perspectiva? Seu marido, a quem você vinha mantendo havia quase um ano, vai até o Uruguai (com passagem comprada por você) buscar o dinheiro que finalmente recebeu e volta sem um único peso, com uma tatuagem no ombro e com um uquelele na mão. *You had one job, motherfucker*. Não era tão difícil. Talvez não fosse necessário mentir tanto. O roubo tinha acontecido. Era só modificar o cenário. Quem sabe eu podia dizer a você que haviam me roubado a caminho do estacionamento, que de manhã não havia lugar no Buquebus, o que era verdade, que eu tinha sido obrigado a deixar o carro mais longe e que quando fui buscá-lo na volta... De fato, o carro ia ficar ali naquele estacionamento a duas quadras da Dársena Norte. Aconteceu o seguinte: fui andando à noite até o carro, me ameaçaram com uma arma, me jogaram no chão, me chutaram e roubaram o dinheiro. Alguém passou a informação a eles na alfândega, tenho certeza. Eu tinha ido ao Uruguai só durante o dia. Era bem provável que trouxesse dólares. De fato, essa versão era mais viável, mais fácil de entender. Como no conto "Emma zunz", de Borges, só as circunstâncias e a hora seriam falsas, mas o roubo, meu tom desesperado, a humilhação e a violência seriam verdadeiros.

Agarrei-me a essa versão. Ensaiei-a duas vezes e, quando quis me distrair com alguma coisa, me dei conta de que eu não tinha nada para ler. Minha biografia de Rimbaud havia ficado na mesa de cabeceira do Radisson. No fim paguei uma diária de hotel só para hospedar a biografia de Rimbaud. Será que ela iria parar na seção de objetos perdidos do hotel? Será que eu podia pedir a Enzo que passasse lá para pegá-la? Tirei o tênis, levantei os braços dos assentos e me espichei ao longo de vários bancos. Os motores já estavam ligados. O ferry se movia. Fechei os olhos. Deixara Rimbaud cruzando o deserto numa maca conduzida por doze carregadores sudaneses. Ele voltava doente, cansado, pobre, estafado, roubado pelos reis africanos a quem tentara vender armas. Atravessava uma paisagem lunar vigiada pelos danakil, a tribo mais bela e mais temível. Podiam matar toda a caravana e abandonar os corpos para que os leões os devorassem. Seu joelho inchado, imenso. Já não conseguia andar. O mundo reclamava a parte que ele lhe devia. Uma perna. Era o fim da aventura, ele tentava voltar à França, onde a perna seria amputada. As lonas de sua liteira tremulavam ao vento. Um quarto para Rimbaud, uma cama com lençóis limpos para a agonia do maior poeta de todos os tempos. Um livro na mesa de cabeceira. Apartamento 262.

Acordei empapado de suor quando o ferry ia chegando ao porto de Buenos Aires. Tive a sensação de estar com febre. As pessoas já se aglomeravam junto da saída.

Quando desci pela escada rolante, passei o uquelele pelo escâner e, do outro lado, uma funcionária pediu que eu esperasse. Um funcionário me apalpou como se procurasse armas. Tocou muito depressa e quase imperceptivelmente meu púbis, onde estivera meu cinto de dinheiro. Procuravam maços de cédulas. Me fizeram tirar a jaqueta e a apalparam para ver se havia algo duro. Pediram que eu levantasse a camiseta. Olharam inclusive dentro do uquelele. Pensei "Chegaram tarde, rapazes". Nada aqui, nada acolá. Outras pessoas a meu lado foram detidas e revistadas da mesma maneira.

Não podiam me tirar nada porque eu não tinha nada. Não podiam me roubar. Me deixaram passar e saí para a escuridão do porto pensando nisto: não podem me roubar. Eu ia voltar caminhando direto pela avenida Córdoba, eram mais de trinta quarteirões, alguns escuros, até nosso apartamento na Coronel Díaz, mas ia poder fazer isso sem o menor temor, sem a paranoia de estar sendo seguido. O carro estava ali perto, mas sem as chaves eu não podia usá-lo. Ficou lá até você ir buscá-lo, quinze dias depois. E sem pesos argentinos eu não tinha como tomar um táxi. Atravessei as vias férreas do baixo, a avenida Madero, a Leandro Alem e subi a ladeira da Córdoba. Estava um trapo, derrotado, mas invencível.

Não imaginei que no dia seguinte eu teria que ser internado. A febre deixava tudo esquisito. Pensei: vou morrer, e tudo bem que seja assim. Sem essa grana eu sou imortal. Por causa da dor nas costelas eu andava com o braço esquerdo colado ao corpo, num passo meio de zumbi. O zumbi do uquelele. Por sorte eu não o quebrei na praia nem o esqueci na casa de Enzo. Maiko trouxe o uquelele no primeiro fim de semana em que veio a meu apartamento de separado, esqueceu-o aqui, e aqui ele ficou. Tirei acordes, ritmos, arpejos. Depois me animei a pontear. Ele me salvou da deprê. Esse violãozinho mínimo foi o esteio da minha alma em todo este ano em que continuo vivendo sozinho. O que eu sabia de violão me deu condições de aprender depressa. É um instrumento simples que também pode ser complexo. O violão sempre foi grande para mim, meus acordes saíam sujos, cordas demais com que me preocupar, notas demais sobre aquele suporte. Para um autodidata, para quem toca de ouvido como eu, o uquelele é ideal. Entendi que preferia tocar bem uquelele a continuar tocando mal violão, e isso foi uma espécie de nova filosofia pessoal. Se você não aguenta a vida, experimente uma vidinha. Tudo havia ficado excessivamente complexo para mim. Toda aquela vida que havíamos construído juntos se tornava grande demais para mim, Cata. Eu não estava bem. Nem você. Andávamos nos odiando, com nossas listas de coisas a fazer. Agora tenho uma lousa na cozinha, faço minhas listas de assuntos pendentes, e elas não me atormentam. Suas listas me perseguiam. E imagino que minhas listas invisíveis perseguiam você. Minhas listas tácitas, minhas solicitações movediças. Assimilei de você as listas visíveis e me organizo bastante bem. Porque são listas próprias. Já não sinto como alheios os assuntos a resolver.

Eu não conseguia andar muito depressa. Continuei pela Córdoba, passei pelos bares das putas com cortinas misteriosas, pelas Galerías Pacífico, onde há seis anos te comprei aquele vestido baiano que ficava tão lindo em você com aquele barrigão. Atravessei a 9 de Julio e, como sempre, me deu vontade de pegar uma lancha e ir para o outro lado. Não sei exatamente quando demoliram a quadra que havia ali para construírem a avenida, mas a partir de então criaram um vazio, uma antimatéria que se sente até hoje. Agora ficou um espaço que é muito mais que uma quadra. É um nada que é preciso atravessar e que esgota os mais valentes. Segui adiante pela Plaza Lavalle, passei pelo teatro Cervantes, quarteirões feios, frios, sem referências pessoais, até o cibercafé antes da Callao, onde eu tirava as fotocópias para as minhas aulas da faculdade. O McDonald's, a boca do metrô. Pensei em descer e pular a catraca. Me sentia muito mal. Tudo me parecia impossível. Exceto continuar caminhando, tombando para a frente a cada passo, como diz Herzog ao contar sua travessia a pé de Munique a Paris.

Terei pensado nisso enquanto cruzava as ruas? Já estava com o impulso de me separar de você? E você? Teria considerado essa hipótese durante aquele longo dia em que viu meu e-mail e desconfiou de alguma coisa? Só nos faltava o impulso. O mínimo grau de força para que todas as fissuras se rompessem de vez. Estávamos caindo de maduros? Não sei. A verdade é que precisávamos parar. Não acumular mais rancor. Aquelas manhãs, por exemplo, aqueles sábados ou domingos em que Maiko acordava às sete, pedia seu Nesquik e você e eu iniciávamos a competição para ver quem fazia mais de conta que estava dormindo. Maiko insistia e um de nós se levantava com ódio, preparava o Nesquik dele e também o café do outro, do sonso que se fazia de paralítico, do que não tinha dormido o suficiente, do que não podia, daquele que tinha necessidade de mais horas de sono, do que sofria, coitadinho, da putíssima que o pariu, caralho. Maiko na cozinha já em sua reivindicação sindicalista, arrastando móveis, cadeiras, subindo na bancada, pegando facas, é preciso ficar perto, é preciso cuidar dele, é preciso cuidar do anão bêbado desde a madrugada, enquanto o outro se ajeita entre os lençóis quentinhos, se anula, finge que não existe, mas está, fazendo-se de desentendido em sua grande traição. Então, você ou eu, o que havia saído da cama, lavava os pratos da noite anterior fazendo o maior barulho possível para incomodar (ouvi você fazer isso várias vezes e eu também fiz), a frigideira batucando no metal da pia, fazíamos ela ressoar como um sino de lata para acordar o que estava na horizontal, colheres caindo sobre o aço inoxidável e provocando um barulho de tambor, tinido de copos de vidro prestes a se quebrar em mil pedaços, pratos delicados de louça branca se entrechocando, que vontade de espatifá-los no chão como num casamento grego, fazer um *smash karaoke* como os do Japão, onde eles põem as pessoas num cômodo com música em um volume bem alto, jarras e televisores velhos, e lhes dão um bastão de beisebol para que elas quebrem tudo. Destruir os móveis da sala de jantar, despedaçar os presentes de casamento, o amor familiar, a lista, pôr fogo, dinamitar a casa e se antecipar metralhando os noivos que cumprimentam os convidados no átrio como numa cena de *O poderoso chefão*. E o outro, lá da cama: Tudo bem, amor? Sim, tudo bem! Quebrou alguma coisa? Não, não quebrou nada. Você quer alguma coisa? Diga o que você quer. Quero guerra, eu pensava. Guerra contra você. Mas não dizia nada.

Deviam ser mais de dez da noite. Na Plaza Houssay um grupo de skatistas arriscava saltos ousados. Falhavam, tentavam de novo. Precisávamos conversar, quanto a isso não havia dúvida. O que nunca imaginei foi o que você tinha para me dizer. Outra coisa que não imaginei, ao passar na frente do

Hospital de Clínicas, foi que dez horas depois eu seria levado de ambulância para emergência deles. Dois meses sem pagar, e o plano de saúde te fecha as portas. A operadora deixou isso bem claro quando você telefonou. Eu com quarenta de febre, tiritando, enfiado na banheira de água morna que para mim parecia gelada. Disseram que não só não iam mandar um médico em casa como não podiam me atender em nenhuma clínica. Seu marido não possui cobertura. E o serviço de atendimento municipal me levou a um hospital público. O horror, nosso grande pesadelo estatal, morte garantida, e mesmo assim em dez minutos me conectaram a um soro com não sei que gotinhas milagrosas e fui me recuperando, e até me deixaram em observação num quarto com outros caras debilitados. O hospital público. E eu sonegando impostos.

O gigantesco edifício do Clínicas me cumprimentou quando passei, me disse daqui a pouco nos vemos, mas não lhe dei atenção. Estava emaranhado em nossa fúria. Atravessei a rua Larrea. No meio do quarteirão, vi o motel Mix, aonde muito tempo atrás eu tinha ido com uma das minhas alunas da faculdade. Lembro de que uma vez entrei na banca ao lado para comprar camisinha, chovia, ela apareceu. De saia e botina. Sorrindo. Lembro de todas as tatuagens dela. Nos encontrávamos ali de vez em quando às sextas-feiras antes da aula. Depois nós dois aparecíamos separados. Eu, para não despertar suspeitas, secava o cabelo com o secador parafusado à parede. Ela, de cabelo molhado, me ouvindo lá da sua carteira. Foram alguns meses. Depois ela se entendeu com um namorado. Foi aprovada na matéria. Se mudou para o México. Acho que Maiko tinha uns dois anos. Essa é uma parte do meu tour pirata para você, que sempre quer saber tudo.

Entrei na Pueyrredón em direção à Santa Fe. Ninguém quis me roubar, ninguém nem sequer me viu. A região estava péssima. Pouca luz, lixo por recolher, pilhas de sacolas putrefatas, algumas quadras de lojinhas com tabuletas meio quebradas anunciando sorvete. Uma prévia do bairro do Once, só que sem o colorido étnico. Seria preciso escrever uma crônica sobre a avenida Pueyrredón, desde os velhos edifícios franceses da Recoleta até o camelódromo da Plaza Miserere. A gradação invisível, só enumerando, conseguindo ver.

Os quarteirões da Villa Crespo, onde moro agora, são tranquilos. Em breve Maiko vai poder ir ao supermercado comprar alguma coisa e, mais adiante, tomar o metrô na avenida Corrientes até sua casa. Aos poucos. Ainda falta algum tempo. Acontece que no outro dia já o vi crescido. Pintamos juntos a parede do pátio, ele me ajudou a cozinhar, acendeu o forno sozinho, cortou tomates com uma faca enorme. Também me ajudou com os vasos. Tenho menta, alfavaca, tomilho, alecrim e coentro. Gosto desta casa. Você nunca quis ter plantas, nem na sacada. Eu gostaria de conhecer sua casa no parque Chas.

Cruzei a Equador, a Anchorena, a Laprida. Ali, no motel Pelícano, eu tinha me encontrado fazia uns anos com uma brasileira. Ela dizia que queria traduzir meus livros. Nunca traduziu nada meu. A gente só trepava e depois ela me falava das discussões com o namorado fisiculturista e se devia voltar ou não para Belo Horizonte. Ela ia e vinha. Desaparecia do mapa por uns meses e de repente reaparecia no chat: Lucas, que tal um Pelícano?, dizia. Cada encontro era um esporte radical. Ela sabia jiu-jítsu, essa luta brasileira. Às vezes demonstrava alguns golpes, e eu ficava sem ar, com a cabeça apertada entre suas coxas de chocolate. Se ela tivesse querido, me matava e me largava ali. Lembra da sua surpresa naquele churrasco, quando fingi que estava brigando com o Nico, os dois completamente bêbados, e eu o dominei com um golpe no gramado? Foi ela que me ensinou aquilo.

Não estou te contando isso para que você também me conte. Só estou tentando me explicar a mim mesmo. Acho que alguma coisa foi se acumulando em você. Tudo isso que acontecia num ponto cego te encheu de incerteza. Eu era supercuidadoso. Nunca andava com uma mulher em público. No máximo eram três metros, na porta do motel, onde alguém poderia me ver. O único momento de risco. No mais, era de uma clandestinidade bastante perfeita. Eu tinha cuidado demais com os detalhes, era um bom agente secreto. Sempre voltava para casa de banho tomado, prestava atenção para que não houvesse nem um único cabelo comprido grudado na roupa. Apagava todas as mensagens. Mas em algum lugar você se dava conta. Depois me acalmei, parei um pouco. Aí você é que começou, com suas chegadas tardias, sua agenda secreta, com sua revanche mais ou menos consciente.

Quando voltamos, depois daquela noite no hospital — você quieta demais, eu com as radiografias da minha costela fissurada na mão —, você me disse que Maiko ia dormir na casa da sua mãe. Aí vi a coisa vindo. Lucas, o que vamos fazer? Não podemos continuar assim. Precisamos conversar para ver o que queremos. Você me perguntou quem era Guerra. Diga a verdade. Eu disse. Você se decepcionou um pouco, tive a sensação de que queria uma coisa mais contundente. Meu amorzinho à distância era meio infantil. Você tinha necessidade de que eu contasse a minha parte para você poder contar a sua. Jamais imaginei o que você ia me dizer: Estou apaixonada por uma pessoa, é uma amiga. Uma mulher? Mas você não é lésbica. Não sei se eu sou lésbica, gosto dela, você disse. E que era médica, que trabalhava na Trinidad, que você a tinha conhecido num coquetel da fundação num terraço, que ela havia lhe enviado e-mails e WhatsApps, que vocês tinham se encontrado, que haviam fumado maconha na casa dela, que estavam apaixonadas fazia quase um ano e que você não ia mais esconder isso.

Fiquei meio catatônico, lembro. Rumo a essa novidade avançava o ingênuo zumbi pela avenida Santa Fe, entre butiques fechadas. Por essa eu não esperava, é preciso dizer. Eu tinha certeza de que você andava vendo um médico da fundação, um cara. Havia apostado todas as minhas fichas nisso. Nunca pensei que pudesse ser uma mulher. Faltavam poucas quadras, e eu percebia que podia até desmaiar. Sentia frio e calor ao mesmo tempo. A cabeça latejava. Acho que ainda estou processando a novidade e continuo dolorido. Você não preferia os homens? Ou era só eu? Eu não entendia. Sua mãe me perguntava ao telefone, eu não sabia o que dizer, seu pai ficou dois meses sem falar com você, a notícia caiu como uma bomba entre seus primos e nossos amigos. Todos do meu lado no início, depois começaram a entender. E eu fiquei ferido, sexualmente ferido, macho abalado, desmoronado. Será por isso que esfrego na sua cara as garotas que comi, embora você não dê a mínima? Dói, mas não sinto ódio nem rancor de você.

Ando saindo com a minha professora de ioga. Uma vez por semana, na manhã em que não vou à rádio. Ela me ensinou muitas coisas. Ficamos tântricos. Ela tem filhos crescidos que já não moram com ela. É cinco anos mais velha que eu. Tem cinquenta. Uma autêntica MILF. Não quer se apaixonar, nem ter filhos (não pode mais), nem ir ao cinema comigo. Nos encontramos e acendemos reciprocamente todas as luzes da arvorezinha, como ela diz. É bem impressionante o que acontece com a gente. Vou poupá-la dos detalhes, mas só quero te contar um momento que costuma se repetir. Ela gosta que eu a coma em pé. Ela inclinada sobre uma espécie de aparador, não sei como se chama, é um móvel onde ela tem fotos da família, com exceção do ex-marido está todo mundo lá, filhos, noras, os pais dela, uns antepassados russos, uma série temporal de fotos que começam em preto e branco e vão até as primeiras fotos digitais nas quais ainda não sabiam tirar os numerozinhos vermelhos da data. Pessoas sorrindo em viagens, em praias e paisagens variadas, em cima de camelos, com cães, com gatos. Enfim. O que estou dizendo é que o que mais a fascina é que eu a coma com força segurando-a pelos quadris, ou pelo cabelo, e que a agitação vá derrubando todas essas fotos no tapete. Essa espécie de altarzinho familiar vai desmoronando, e ela não goza enquanto não jogar no chão, com um só movimento de mão, os poucos porta-retratos que ainda não caíram.

Conto isso porque ultimamente andei pensando bastante no tema família e casamento. Pode parecer que estou dando uma de liberado, mas te digo com toda a sinceridade: precisamos pensar de um jeito novo. Crescemos imersos numa ideia de família que nos encheu de angústia quando vimos as rachaduras. Tudo isso para te dizer que, primeiro, não vejo nenhum problema que Maiko fique com você e sua companheira nos dias da semana em que não está comigo. Segundo, não vejo nenhum problema em conhecê-la; na realidade quero conhecê-la, gostaria que um dia, se vocês quiserem, viessem jantar aqui em casa e que Maiko veja nós três jantando juntos, e que se um dia eu tiver outra companheira possamos nos encontrar sem drama nem silêncios. E que inclusive possamos fazer algum programa juntos e até quem sabe viajar nas férias. Se não para a mesma casa, talvez para o mesmo balneário. Ou talvez isso seja exagero, mas o que quero dizer é que a família de Maiko agora é outra coisa. É preciso ousar jogar as fotos no chão. Você, com sua decisão, ousou um bocado.

Acredito que o conceito de família se modificou. A família é um pouco como esses blocos combináveis. Cada um monta como pode. Outro dia me deu vontade de ver de novo *Tiranos temblad* no YouTube, vi alguns capítulos atrasados e, entre as coisas mínimas que aconteceram numa daquelas semanas no Uruguai, uma foi o casamento triplo de Guerra, César e Rocío. A imagem dura cinco segundos. Diz mais ou menos o seguinte: "Esta semana houve uma convenção de *Star Wars*, jovens fizeram malabares em Tacuarembó, realizou-se uma competição de skate, uma garota plantou bananeira na *rambla*, o cachorro Cristóbal não conseguiu tomar água porque o líquido havia congelado na sua vasilha, foi celebrado o primeiro casamento triplo em Montevidéu...". Era uma imagem rápida, duas noivas de branco grávidas e o noivo no meio, todos rindo num pátio, uma cerimônia alternativa, uma paródia de casamento inventada por eles. Lá estava Guerra de barrigão. Tive que pausar a imagem para reconhecê-la. Uma coisa esses três fizeram direitinho. Depois entrei no Facebook e na página da amiga dela (porque Guerra encerrou sua conta) as duas estavam cada uma com seu filho nos braços. Numa das fotos dava para ver César com uma colher em cada mão alimentando ao mesmo tempo os dois filhos de mães diferentes. É até possível que os cinco vivam juntos. Não sei por que eu e Guerra deixamos de trocar e-mails, a coisa foi esfriando até virar silêncio. Fico feliz que ela tenha sido mãe. No vídeo parecia contente, embora nas fotos mais domésticas tenha um ar cansado. Talvez você se pergunte como posso continuar pensando de vez em quando numa mulher que me roubou ou mandou me roubar. Mas estou noventa e oito por cento seguro de que não foi ela. Esses dois por cento são o silêncio depois do segundo pontapé que me deram, um pulinho na matrix, uma falha mínima no meu cérebro que nunca vai cicatrizar. Devo a Guerra pelo menos o benefício da dúvida, e a deixo flutuar no meu Uruguai idealizado como se ela estivesse escondida dentro de uma música que só eu conheço.

Um ano já se passou, já posso sair da minha obsessão com aquele dia, e esta semana acabo de te devolver o dinheiro que você me emprestou. Obrigado pelas suaves prestações. Ainda não paguei o que devo a meu irmão. Não gosto do trabalho na rádio, é verdade. Me cansam os tipos espertinhos, as piadas previsíveis, a interrupção amorfa, e às vezes desejo intensamente o apocalipse, que um meteorito nos extermine como fez com os dinossauros. Mas, tirando tudo isso, em geral trabalho tranquilo, apesar do horário pavoroso de seis da manhã. O que eu acima de tudo comemoro, Cata, é havermos simplificado. Não ter carro foi difícil no começo, mas é um alívio se livrar desse traste que esquentava ao sol, bebia hectolitros de gasolina, exigia consertos, peças importadas, lava-jatos, estacionamento, que me mantinha engarrafado por horas em rodovias de asfalto fervente. Fim do carro. Maiko na escola pública também foi uma bela decisão. Está bem adaptado. Às vezes, quando vou buscá-lo, noto na saída como os pais progressistas se reconhecem sem dizer nada, nos olhamos com o rabo do olho, ouvimos nossa pronúncia de mauricinhos camuflados. Outra coisa à qual Maiko se adaptou rapidamente foi a esse sistema de visitas de metade da semana comigo e metade com você. Pode ser que tenha se adaptado até demais, porque outro dia uma vizinha pentelha perguntou a ele: "Você veio visitar seu papai?", e ele respondeu: "Eu não vim visitar, eu também moro com ele". Um campeão. Nos dias em que não o vejo, sinto saudade e escrevo bastante. O livro de crônicas já saiu em Bogotá. Se quiser, te mando um, mas você já leu quase tudo à medida que as colunas iam saindo. Dediquei a você. O romance brasileiro se perdeu numa nebulosa neuronal. Mas estou preparando um livro de poemas e bem lentamente outro romance, mas sem aventuras amazônicas, não há traficantes, nem tiros, nem facas, só uns pontapés do outro lado do rio. Peripécias limítrofes. Não conto mais porque se eu contar perde a graça. Uma vez por mês mando a Enzo uma coluna para a revista. Os espanhóis da Astillero estão pedindo o livro. Calma, pessoal.

Está acabando. Minha crônica desta terça-feira vai chegando ao fim. Percorri o último quarteirão entre gemidos e bufos. O que restava de mim chegou à porta do edifício. Por coincidência, a vizinha do décimo andar estava saindo, aquela que levava o cachorrinho às reuniões de condomínio. Entrei, peguei o elevador. Minha cara no espelho era de espanto. Eu não era o mesmo que havia descido de manhã por aquele mesmo elevador. Palidez mortal, olhos fundos, cabelo revolto, roupa amassada, fora de esquadro, assimétrico, encurvado, sujo, surrado, cheio de culpa e de quilômetros. E com a música para meu filho na mão. Dezessete horas haviam se passado. As coisas que eu tinha vivido de manhã — a felicidade no ônibus, por exemplo — pareciam ter acontecido muito tempo atrás. Fora um dia longo. Como teria sido o seu, desde que nos despedimos de manhã até agora? E o de Guerra? E o do namorado dela, César? E o de Mr. Cuco? Tomara que a morte seja saber tudo isso. Por enquanto o remédio é imaginar. Se eu pudesse narrar o dia daquele cachorro com todos os detalhes, cheiros, sons, intuições, idas e vindas, então eu seria um grande romancista. Mas não tenho tanta imaginação. Escrevo sobre o que me acontece. E o que me aconteceu foi que o elevador chegou ao nosso andar. Abri as portas, fechei e toquei a campainha. No intervalo antes de ouvir sua voz, tive certeza de que amava você como continuo amando e sempre vou amar aconteça o que acontecer. Era muito tarde e do outro lado da porta ouvi você perguntar: Quem é? E eu respondi: Sou eu.

A tradutora agradece a consultoria argentina de Hugo Rubén Scotte.

La Uruguaya © Pedro Mairal, 2016
c/o Indent Literary Agency
www.indentagency.com

Todos os direitos desta edição reservados à Todavia.

Grafia atualizada segundo o Acordo Ortográfico da Língua
Portuguesa de 1990, que entrou em vigor no Brasil em 2009.

capa
Julia Masagão
imagem de capa
Tali Kimelman
preparação
Ciça Caropreso
revisão
Valquíria Della Pozza
Livia Azevedo Lima

10ª reimpressão, 2025

Dados Internacionais de Catalogação na Publicação (CIP)

Mairal, Pedro (1970-)
A uruguaia / Pedro Mairal ; tradução Heloisa Jahn. —
1. ed. — São Paulo : Todavia, 2018.

Título original: La uruguaia
ISBN 978-85-93828-88-1

1. Literatura argentina. 2. Romance. 3. Ficção argentina.
I. Jahn, Heloisa. II. Título.

CDD AR860

Índice para catálogo sistemático:
1. Literatura argentina : Romance AR860

Bruna Heller — Bibliotecária — CRB 10/2348

todavia
Rua Fidalga, 826
05432.000 São Paulo SP
T. 55 11 3094 0500
www.todavialivros.com.br

fonte
Register*
papel
Pólen bold 90 g/m²
impressão
Geográfica